珞 珈 诗 派 丛 书

主编 余仲廉 吴晓

你和我

李浩 著

WUHAN UNIVERSITY PRESS
武汉大学出版社

李浩

诗人，1984年6月生，河南息县人。曾获宇龙诗歌奖（2008）、北大未名诗歌奖（2007）、第15届华语文学传媒大奖“最具潜力新人奖”提名等。出版有诗集《还乡》《风暴》，部分作品被译成英文、波兰文、亚美尼亚文等多种文字。现居北京。

目录

诗　选

文　选

附　录

诗选

Postscriptum

树叶都在往下滑落。神的肤色因此忧郁，
鲜活。我因此爱上了青铜器，
并且，存在于——我向上的意识。
我的世界是一道窄门。于是我观摩铜镜。

我因终结之物的居所，坠入镜子凹陷的
宁静——死亡，或者盲井。
我打探月光的耳朵。一只吸血鬼，
在镜子里，无头的躯体，一直扑向雪里。

乡村坟场

回龙寺村有一个坟场。以前我常去那里放牛。
乡下的野狗也喜欢那里。那里有茂盛的草。
那些草在风中喜欢挪动身体，喜欢摇晃头脑，
喜欢占领坟头和湿地。这里也是吸引乌鸦的地方，

乌鸦喜欢站在坟头上拉屎，并且大声歌唱。
兔子就藏在草丛里。仙人说那里是风水宝地，
是死人的天堂。次年冬天，天气干燥，
野外寒风四伏；我面对风口，放了一把火。

多么安静

午夜的房间、人影多么安静
坐在房间里看烟灰落地多么安静
茶几上摆放的葡萄、酒杯多么安静
墙壁和墙壁上的挂历、蜘蛛网多么安静
书桌上的避孕手册、U 盘、电脑多么安静
地板上的拖鞋、袜子、脚指甲、毛发多么安静
一间 15 平米的空气和空气中悬浮的头皮屑多么安静
单人床上的胸罩、咪康唑氯倍他索乳膏多么安静
梳妆台上的梳子、大宝 SOD 蜜、眼影、钥匙多么安静
窗户上我写的汉字，还有吹进室内的风多么安静
女人的连绵尖叫和她背后的夜行货车，多么安静

回忆

你让我的爱，点亮南国的星斗。
你让我的爱，目睹光的影子

像一条幼蛇那样，缓缓地吞下
喉咙里的青石。那尚未治愈的，

你的凝视，仿佛荒野的石碑上
湿淋淋的地名。岚烟中，白光

使我眼里的黑刺李，在树林身前，
渐渐沮丧——那宽大睡衣的，

或者，那黑夜一般的吞噬能力，
让我渴望，白色雪堤上的猩红。

挖鳝鱼

在铺满霜粒的早晨，那些终生播种的
人民：土地的情种。肩扛铁锨，手提
蛇皮袋，直奔已经干涸的稻田、粪坑、溪流，
用嗅觉寻找有关鳝鱼的蛛丝马迹……
那些狡猾的鳝鱼：卧底的月光。最终
还是掩饰不住藏身的秘密，逃脱不了那些
简单而朴素的眼睛和手段。他们，土地的情种
用铁锨，刨开冬眠的土地；铁锨雪亮的
刃，深深地插入土中，绝不拖泥带水。
他们，土地的情种，上半身伸进深深的
泥坑中，向外抛出鳝鱼，终日吸取日月
精华的鳝鱼，脊背青得发黑的鳝鱼……
他们踩着地上的树影，呼吸冰凉的空气，
手提着蛇皮袋的欣喜；他们的脸上凸出的
是过年的心事；那些只懂得挖掘和泥土的人
脑子里时不时地浮出一些深浅不一的坑。

雪

雪花从空中飘来，落在我的脸上，
安静地融化。从雪花飘落的
寂静里，我触摸到了雪的孤独。
我站在雪中，将自己雕成时间的雪人。
我站在雪中，阻止大雪把你深埋。
你知道的，“这一切，是那么多余，
多余的，叫人相信死。”可是，
我还是迷信爱。我孤身一人走到
夜晚的尽头，这路程多像森林！

东风未过

请把樱花标本摆放在书架上巴尔特的位置。
隐藏那只蝴蝶，隐藏那个点燃香烟的身影。

我们得赶快把窗台上，那些小动物的尸体
放入装木糖醇的小瓶子里。让水洗过的

地面，闪动着星光的故事，迎接一个人。
我的墓地，在死者的家乡，不能平静如初。

山中行

从京珠高速公路上，飞过的是一群麻雀。
那些黑压压的　叽叽喳喳的　麻雀
心目中满是无边的自豪，翅膀闪烁着

霸占山河之气魄。那些以游牧为生的
公民，居无定所的族类，于空中的姿势
多么像暴雨前密布的乌云——巨大的力。

作品

医生说满树的石榴，已是成熟的思想。
而我坐在斜坡上，安静地看着远方。

柳叶中的阵阵蝉鸣，好像雪中的儿童。
但是时间，没有边际，磨出许多锋利的刀，

在我们的身体里堆积，如雪光。当酒精
麻醉体内的疾病之时，我放慢了脚步。

我带上时间，月光，和疾病的性格，举起斧头，
一片雪白的大眼睛，安静地出神。

向水面

堤岸上鲜花绽放成花环向自身内部
囤积气体　他与水面对坐　观盲者
暗夜失窃　觅丛林中面具眨眼　他
觉得　嗅觉需要点燃哑火擦亮枪托

叶色浮沉　类似一纸指明的暗号
白云游动　在无色界中枯萎得像
普洛塞耳皮那　像一个人　顺风
倾斜着左右　他能完全被他自己的
意念所支撑吗？他尚且不知　是什么

在逐渐扩大他的凄哀？他两眼只剩
戚然的群星闪耀　而露出水面的沙石
察不出它们坚硬的组合　而谁身穿
黑夜　背一网蜘蛛　凝视少女和银光

农历日

夜口紧闭。白月亮现在是黑月亮的
所在地，圆柱的影子立在路灯的
视觉里。雾或气，向上拉开天体。

网，湿漉漉的，某个日期里先知的
语言，再次经历雨刷器。电风扇切入海芋体操，
运动的元素周期表：色即是空。

我在佛堂里梦见过：鱼从秋天的东湖，
爬进了山里。肉体中漏风的窗口，
努力压缩着初夏的风。早上吹散的烟灰

和扯掉的昆虫翅膀，在百合花的
根上交汇起来。灵魂在目前三尺的
黑暗里，悲伤的软物质，犹如趾间的缝隙。

月明星稀，锁齿精密。喷泉和时间，
在身体里，如同飞起来的钥匙。
我用刀削去变坏的法律，静立于神的面前。

幻象

秋后，池中尚未枯败的荷，
神色静谧，宛若巢中鸟雀。
她在光中的隐喻，
反射出一幅宁静之图。
秋风里，舰艇不断地入侵大陆，
和吻一样大小　精致的美洲。
它毕竟是一株植物，
过于曲折幽静的植物。
使早年的想象　停泊在黑夜的胃里，
将稻米酿成美酒。寻找谷粒的鸟，
在大片的雪花里滚动着。
树丛和阳光稀少　少许的
只剩死的气息。

挽歌

我的身上，浮动一片片枯草，
我的视力，是玻璃的视力。
我们逃脱不了、风沙的笼罩，一束禾
与秋风中沉睡的砍刀。所以啊，
旅居夜空、想念我的萤火，请原谅，
那些书信，大火收到了。因此啊，
请你们放心大胆地去活，我身上还有足够的土壤，
埋葬心灵上，滋生的欲场。可是，
你们也要相信衰老，相信赞歌，别像孩子那样，
安慰我睡觉，掠夺我的小酌。
因为在酒精里，我更能清晰地意识到——
我那大耗不安的魂魄，于夜空里，
带着我少年的咳嗽、动荡。当我关掉手机，
是谁挖去了，画布的眼睛，
在卧室的、墙壁上。

死亡逼近

光线逐渐贴近墙壁上的墨迹。
与光无关的物体开始把我
引向绝境。枕头下书籍上的
红色印章残留着猫的齿痕，
深深的。纸张里传出的暗香
掺杂着老鼠的气味，笼罩视野。
墙角里的小动物搬运着彼此的
阴影，在它们的世界里
明暗不分。丝丝凉意从罅隙里
袭来，刮掉我的胡须，洞穿我的肺。

永无止境

野兔在晨光里穿梭并互相护卫肌理
颦笑伸缩的区域掩护着心壁测量者
谁都不能逃避，斥力产生的飘移
高明和愚钝，像不明物在隐秘中保持
语言重心，在明亮的雪线下掠过服务区，
荆棘林和开阔地。宣言和狡辩跟随我，
潜伏于湖底，为爱情举起十九颗闪烁的星星。
混沌尚未被种子穿破，你朝向雪山，
透明的审视，和欺骗永无止境。

（为 HY 作）

在舞会

我们被置入幽灵的灯和火中。
花朵和枝条绽放于手掌上。
反冲逐渐扩大。寂静逐渐缩小。
它们被昏暗中的树摆布。
我们被包裹于自身的空洞里。
移动需要凭借外来的力。
动和静在彼此交流融会之时，
你胸前的门窗从不颤动。
你随身携带的烟囱毫无回音。
尘土抖落在豪华之上，我依然沉重。
脚步提不起我们的倾斜。

相信上帝

在名词世界里女人制造层叠的可能。
这并非是性与爱滋生的火焰和台风。
在这种语境里我相信上帝胜于自己。

我们不能说鸟说飞行说月光说流水。
回回头晕胃痛我都想冒险我都想逃脱
小苏打和刀片。假借诗的名义模仿
爬行，在一个看不到边缘的名词世界。
在名词世界里我相信上帝胜于自己。

天空与白云，峡谷与山峰，和谐可行。
让清晨的脸在我的脸上一直保持上升。
让黄昏代替夕阳那一次安静地滚动。
在层叠的可能里我相信上帝胜于自己。

滑落的鸟鸣　失散的花香　不归的蜜蜂
在失去平衡的世界里　在失窃的时光里
如同往常　我的目光迷狂天书里的图像

重负

圣殿里的颂歌，
隐没落日中的
山丘之后，石径便顺着
树林伸向星空。他似乎要完成
余下的缝口，如同耶稣的
手掌中，洁白的，松软的钉孔。

诗章

站在楼顶上，我找不到一朵下坠的云。
裂开的世界，从来都不是，你的身体。
你明白黄昏总是比黎明来得快烂得快。

如果我把男人的时间从女人的时间里
抽出来后，我们的童年就像一把闭合的
剪刀。蝙蝠升起手中的竹棍杀死真相。

成长仍然让你，捕捉幻想、迷恋蝴蝶，
以及光里的手影，一直让你钟情于光。
也许你忽略了，光或梦，是坚果之误。

书看多了，也许渗透内心的邪念就多，
也许在永恒轮回中命运一直具有邪恶的
暴力元素。谁都不能做出绝对的抉择。

你抉择，你同时需要鹤顶红和可卡因，
至少睡在街上的酒徒测量过这种认为，
而红灯区永远是最有活力的精神病人。

可是处女成了狱中生铁，骗子成了人
道德上的博喻；恐怖分子在迎娶天使，
继续的继续，静止的静止，永无端倪。

序曲

牙齿以及语言，进入静止生长之龄。
心尖上的毒素，肆意扩散，制约不得。
音乐跟琴键，偶尔统一流水线，
偶尔转移捕获灰暗视线中的猎物。

行为同智慧相互伪作，在规定的
时间，图画尘世所必需的、表面和谐
内心精致的抛物线。但，神经越出
神经系统，眉宇间晶莹剔透的汗腺
声色不动……

呼吸，再心跳；心跳，再呼吸。
谁都没有把谁，放回彼此的青色中，
而等待的回音？已是新的地址。

就算熟练黑暗背后直立行走的技艺，
也不能篡改——时间和岁月这两条平行线
给一个虔诚修复自己破碎童年的人带来的忧郁，
或疑惑，——类似逃出大海之后

在海滩上寻找同类足迹的鱼……

长夜上

安静的，不安的，
倒向无头之体。

疾病迅速步入
修仙之境。危楼内壁

呼啦啦的水管
响彻梁祝。你将手

插进刺眼的晨光：
站在甘渊洗澡的

羲和，打开日落。
欧特碧在长夜长生荻木。

雪女自空山飞舞，
封堵生路。从此，

黄连的苦，如同诅咒，
叠加你我的一生。

很多山魈啇，就像一堆
头痛，正雇永恒轮回。

在林中

我在林中漫步，这片树林跟我在梦中所见一样。
这个场景，在我脑子里，是一片盛开的星空。
我赤脚走在树林间，这些树好像大地的使者，
他们站立着，正在工作。这里是我最后的住所，
可是，死者的嗓音和怨恨，同时隐藏在树林当中。
当你走在他们中时，你会认为我们如同大风
卷起的沙石，在时间中流逝，我就是这样来到
这片树林里的；我的命运：剧院，油画，电影……
即将重新颁布。这片树林，林中的每一棵树，
好像每一颗星。一闪一闪的；他们：一闪一闪的。
我认为，他们是一些耀眼的人。当你的亲人
在谈论死去的时候，你说“确实有死去的幽灵”。

紫薇赋

仰望起初始于大雁。耳朵里贯穿翅膀，
贯穿那夜色苍凉。一条绳索，从明亮的
场所露在井口边缘。不完全的瓷盘，仍然
带着晨气，从一个站点到同一个站点。

行走逆反，深渊逐渐叠加。一只蜗牛，
在脊椎骨上托起自己的刺，当它抱住
一艘船。成块成块的冰，顷刻、消融。
倘若那是我们的肉身，倘若免去喜悦。

兜里预备的支点。惹人信赖，它比我们
还能保持自己吗？白银的光，从眼前
忽闪而过；我们的世界，却由此变得
多了起来。批量的破碎感，无一例外。

不可认为的事件被翻阅出来如波涛滚来
滚去。在过往的潮水中，漠视对准漠视。
每株紫薇都靠稳磐石，握紧拳头，举出
头顶。风吞下宁静，他们如百姓般做工。

个人史

风在大地上行走的声音，是我面前雪亮的书面协议。
一般的、不一般的，运动内部；物体和对象的，契约性
饱饮落叶的温度。在属于人类的任何领域里，
唯独真实的行为和言语才能鉴别，
作为物存在的痕迹。我同意我在说艺术。
我可以清晰地看到：诗人，是堵在隐秘处冒汗的墙壁。
我抓住了一根羽毛，就像我立即掌握了飞翔，在另一个星球上。
而我一直认为我信奉的主，是绝对的。
我搭乘一艘船在陆地上返往那个叫回龙寺的村庄。
那是我的出生地，那是一个飞机杜绝天空的出生地。
我尚未看到河水在我大脑里芳草蔓延的记忆。

牧人的黄昏

沉默是同样的，当你用别人的
母语自言自语时，我就走进
岩石中，点燃这座黑暗的房屋。
那房屋现在流淌光亮的颂歌，
就像在神的爱内飞舞的柳絮。
我站在我那强大的保障里，
物体就得以展示出它的气质。
我应该将历史中灰暗的细节
拍摄下来，在你的眼前扩大它。
如同帆布上的投影，酷刑
就是在这个时刻里，开始的。
我敞开额头上吹起的波纹，
雷电在我身上穿行时的疼痛，
现在已是神的爱内飞舞的柳絮。

一个人

从珞珈山上下来，走在人群中的人
他脚下的碎石小路，路上的台阶，

台阶旁边的房屋，房屋身后的树木，
珞珈山、防空洞、浪淘石、墓园、空气，

都被一个人淹没了，寂静便是夜空。
我的马路、我的鸟鸣、我的书籍，

我的村庄、我和我眼中的黑草莓，
我那山坡上的红豆，都被一个人淹没了。

难道那是雪中的鸽子？我来到湖边，
我走进我的里面，站在我这个点上，

带着他的思想和身体，以及一种神秘，
归向任何他想要的山楂，还有泥、砂。

峰顶

峰顶上的积雪，
朝向圣洁的

山岭。空中急速的
云，在缓刑中，

　　　　燃起女人的前胸。

我在这个如此孤独的
星球上，抗拒吃人。

喊魂

我跟在火把的后面奔跑，
被举起火把的人们淹没。
我不知道他们在干什么，
我不知道大家为什么哭。
我在所有人的后面，啊，你的
“后面”，现在是我的远方。
我看着一群火把，
把你带到不再属于我的世界。
月亮可以为证，我错过了路上季节的草。
而我憎恨，你脚板下面的青石
不再是池塘的舌。
我把手伸进结冰的水里，
啊，请准许倒映稀星的水，
给我一切回音，给我呈现缝隙。
我在月光下寻找你，在星空中寻找你，
你是黑夜中拖着火光的流星拥向我
把我的眼睛擦亮。

书信

我在日记本里修建了一座花园
每天傍晚都会有神降临花丛间

在这里我们的每一个春天，
都像一条河流。每一个春天呵，

都会经历高山、平原、丘陵……
当她们流经沙漠的时候，

就是每天的傍晚，神降临的时候。
因为爱，神在阅读。他对友谊，

我们不曾察觉，但并不遥远。
“那些花朵开放，青草生长。”

我要创造一个瓶子，装下花朵、
卵石跟地上的种子进行的交谈。

一再地

一再地，我将手紧贴自己的心脏。
一再地，我行走在稻田的田埂上。
长久静立之后，我张望轻风里的
秧苗和水域。一再地，水田里的野鸟，
安静地起飞、安静地降落。

我试图改变鸟的翅膀，江河上的堤坝，
心脏的位置，我改变它们了吗？
在这个见证、以及众多事实之中，
她永远不变。她的生命在无穷里。
她还将使我们和眼里的静物更新。

是谁在掌管我在这里言说的一切？
我深知智慧在我们脚下的经纬上，
你用心朝向他，你便成了幸福的盲人。
在天命的形式里，你将走完这路程。

今晚我是所有的人

今晚我是所有的人
今晚我和大风雌雄同体

我握住中原的夜晚
其实今晚的雪很白很美
我在患有胃癌的大街上
像一束光，穿透暴雨

我想——我就躲进湖底
我想——我就是看我的乌云

今晚我和北风一起与北风为敌
今晚我在甘蔗林里
娶闪电为妻
如果群星逃离天空

我看水

时光真像流水　我坐在水上
我的双手打开一本书
有一扇门立即跟着打开
我眼里的世界　我头脑里的世界
因此被这扇门　隔开
我没有烦恼　也不在乎遗憾
我没有想过要把这本书读完
在开启的门里　我的心不在乎
即将获得一粒银子
一点闪光　我喜欢看水
让这水　能流多远　就多远
就把我带多远　我看水
一流而下　或将永恒　阿门

旅人

楼梯有时候把你带进虚无的心脏，
有时候它会把你送往出口。
我们：重复行走，反复出门。
我没有觉得自己在跟虚无堆砌砖头。
在我的上空，总是有蒲公英
飞向白云；而珞珈山上，总有
一只鸟在傍晚和清晨、对着
我的窗口颂歌，这是飞向我的鸟。
生活给了我太多的恩赐，
我的世界，存活在启示之中。
我是一个稻草人，但是只有上帝知道，
“我赋有人类未知的灵魂。”那马上
进入黑夜的落日，好像大海口中的礁石；
我们也会被吞没，晚霞形似铅锤，
唯有似鸟非鸟的蝙蝠在飞。

旅途中

树林由深至浅的面貌在镜头里
急切后退。平原上的村庄
和平原之间，精神朗朗。
大地上溪流明慧，小鸟翻腾。

这条高速公路向前伸展着，
无限沉默的身躯向前伸展着，
汽车的轻微震动，安稳地
带我们闯入了天空的　深底。

在诗里

我是一块烧红的铁
至今热爱水塘
风一吹就对我微笑的水塘啊
就像开满大树的梨花
我沿着祖辈的手和肩膀
我摸着淮河的裙子
我征服水

日记

我的命运　是谁寂静地
在我的命运中修造铁道
是谁在大地的心上打桩钻孔

我生在回龙寺村
我坐在血色的钢轨上
列车在农舍身后　浓烟滚滚
我和畜生带着土地的震动
在高架桥上寻找天空
唯一使生命立命的
那块通风的桥底

我们站在那里默视老人
和他手中捧起的死婴

晚晴

空中的闪电，吹灭了所有的星辰。
这夜空，像一张正在受审的脸。
我们在这张受审的脸 这么大的
天空里收获死亡和滚滚雷鸣

楼群被阴雨天气围困。
合欢树在满天的马蹄声中含香盛放。
房屋里的灯火和晚餐的祷告，
在黑雨中相遇永恒的天空。

灵魂

秋日里的湖泊，聚齐了耀眼的芒。
那——石中的静美——
她们天生土地的辽阔。
她们消失于任何，看见她的物体。

她不可言说，似乎比以前孤独得多。
她在心灵的上空，为安然的死者，
颂扬它们家乡的山水，
和山水中的信使。

当你把车、停在野地里，
那闯入你视野的轻柔身躯
在高高的土坝上，在公路的边缘，
她们在风中，如同空中的孤云。

花冠

暴露在地面上的石头与砖块，
让我亲眼看到，我里面的灵，

好像龟壳开裂。居住于尘土中的
时间，已经形成浩瀚的荒漠。

时间布满我们祖先的肋骨。
你说，“地球在喝着人血。”

当一天的太阳升起，峡谷，清晨，
和我们，就开始了血的圣洗。

死亡之诗

天空对我翻了脸
太阳一直在监视我

大地也是　他轻微的一个翻身
就淹没了古老的王朝
就使我的双脚朝天
头顶悬崖　草根成索
就让我一生不解
我到底是活着还是已经死了

雪屋

在我生活的这段时光里
总是有辉煌的瞬间闪现

当我握住这枚金币之时
我的房屋就开始了积雪

太阳带着慈爱的信进屋
啊光芒，他点着了事物

犁尖上的田地结结巴巴
它们在介绍它们的姓名

以耳朵里正在飞出的鸟
它们说出了它们的形状

世界与某天，任何一个
地点，好像一本书打开

大雪

大雪落在我的头上　我的头就是满天的大雪
白啊你好美　我的头就是山峰的头　好美
雪啊　我没有兄弟　大雪　你就是我的兄弟
因为我　大雪是真的　雪啊　你们真美

因为我　白茫茫的大地　一切都是真的
我趴在地球上亲吻　大雪跟我赤裸裸地睡在一起
我心中的狂热不灭　我心中的雪白真美
我紧握大雪的手　一把清水　悄悄地

冲走了我兄弟的尸体　大雪　我们可以一样美
我随时　我就丧失雪里　可是　我没有兄弟
我的兄弟啊　我很干净　大雪和我的头顶好美

盛夏

风透过纱窗，吹在我光秃秃的身上
山里的树林，在风中摇摇、晃晃，
没有一棵树是朝向我的，如果有，
肯定是林中的树错过了它的鸟。

我将刚刚剪下的指甲，放进花盆里
充当养料。待我租下的天空还没
偿还之前，让风里的君王安静；
我想动笔，让神影响我心里的淤泥。

舌根

必须从雪开始。划破长空的流星
已经回到黑暗的胶囊中。

日光下是归乡的茫茫雪景。
悬崖上的惊讶之树，必须

竖起额头。必须和一个雷，细数
荒漠中的手镯，沙丘上的皮肤。

风中的血液，河流的唾沫，
必须在舌根的喑哑区域蔓延。

必须静静地说话。当你听她时，
你必须仰望，雁阵也必须升起。

（给建春）

冬天的诗

楼群在我眼前，它们并肩孤立着。
天空于它们中间，空出了一条
永久的狭道，任凭风雪穿梭。

我坐在窗前的阳光中，看着它们。
似乎一个入口。土地上丰收的
静物，从此，江水一般涌向我。

我闭上眼睛。下午是搬不动的，
一天可以是很多天。我脑中的
宇宙，是一只鸽子落在楼顶款步。

困境

我回去，我打开关闭我的门。我进去，
室内的雪、阔达，而这不是我的。

我送走了很多朋友，却无法把自己送走。
我站回去、成了一个坟墓，而那气息

变换着。沉睡在光明之中的孩子，
是我洗净的肉身上，所留下的空地。

千禧年

取走吧，拿去吧，堵上我的嘴。
我的歌，唱给你，她爱你。

我的肉，咬住的锯条，堵塞我
含沙的允诺。尚未落地的脚跟，

认识你，割断的歌、唱给你。
听这歌，她爱你。把我关闭，

把我的眼睛，把眼里的盼望，
装进石壁，关在灯里，这歌曲

一口一口的，僵硬的手指祝愿，
她爱你，唱给你听，吃我的心。

去飞行

风的头发冰凉啊，匕首在我兜里下沉，
从我身边闪过的人，充足的脚力
在与马路较劲，吓坏了街道上
睁大眼睛的路灯，和石像上的鬼神。
我选夜晚，去飞行。我们出行的数据，
在监视器的领地上。星星，和呼吸，
深怕越出它的斧背。匕首在兜里下沉，
骨头的碎裂声、在头顶滚动，
头顶上的甲光、向四周密集的黑云，
急速穿行。那捆绑着天空的绳索，
在坠落中、停于我们的身体里，
使我的草原在舌尖上流放，使我
向深渊一直倾斜下去，云彩还没有
回到圆圆的井口，我们绝对不能被毁。

太阳岛之诗

有个人从庙宇里走向他，把他带进一扇门。
他站在一间白色的房子里，好像湖中月，
在黑夜里显得特别亮。他辨别不出
他自己、他的形——这时，
有扇门，吱吱嘎嘎地响起来。响声
飘来的地方、放着空空的椅子。
有人从门口走过，他跟上去。感觉
被带进了一间相似的房子里，
好像没有了自己——门，仍然
吱吱嘎嘎地响着。他往前走，走进了
另一间白色的大房子，和门。
他转过身——有人说，“星辰之光”。
他回神想起一块刻着铭文的石碑。
他正要念出文字，就回到了那人的跟前。

时间之思

吹灭手中的蜡烛，时光就是它自己。
在它自己之中，盛开花朵。

吹灭手中的蜡烛，我们看见了人类世界，
都在你的怀抱里，都在毁坏，

都在朝向死。

连同湖中的夜色，也在悄悄地向漆黑的子宫滚入。

漆黑中的手掌，张开的五指，
身处裂石中心，并静止于——

你的面前，透亮的晶体。
你通过自由之手，雕刻的花斑螺纹。

春秋

你将秋天的雨，存入金库
两排杨树指出你是一朵云
你走在街上，捧着夜晚

从此昼夜不分。每个心爱的时刻
你都捧着夜晚，每个心爱的时刻
你都在云中，折叠纸船

你站在夜空对面
孩子，幸福　如同雨中的蘑菇
露出的蔚蓝

来自诗

村庄融汇在一片强烈的天光里，
辽阔的田野，
沉静于完工之时。

田野里的农民，收起农具，
踩着蛙鸣、回归。
牛羊朝着天空，叫着喊着回村。

村庄附近的干草垛，丰满、
结实。它们和装满麦草的架车，
对应。骡子和小骡子还没有上套。

引入记忆

我躺在床上，闭目养神，渐渐地
像一块糖，溶入一片水域。
一户人家，从这片水域里升起。
每一次，只要西风吹响竹林，
一群天真的孩子，就会从我的
记忆里跑出来，热闹地玩。
他们玩耍的院子里，有一口棺材。
别多说，这是准备已久的，爷爷的
棺材。每一次，只要口哨一响，
就会有人，推开这口棺材，
躲进去，盖上盖。我躺在棺材里，
泪流满面。我的父亲和母亲，
因为计划生育罚款，把猪和牛
都交上去了，还要摔锅卖铁抵债。
我脸上的耳光，红红的，可以挡住
狗嘴。我躺在棺材里，羞辱、
尊严，像我手心里，燃烧的竹签。

毁灭我

放弃我，别毁了我，归还我。
如果，你为难，用漆涂我。

停止想象吧，关掉开关。
让我活着，借我的尸体活着。

这城市，理智的，老不下雨。
玉兰，姊妹们，还在土壤里。

礼拜天

这里是街市，促销的火焰，烧死草原。
这里是人间，地心里的阵阵风暴，
向外投放无数只眼。市区荒芜的空地，
射出明亮的预感。涌动的人群，

于嘈杂的鸣笛里，工业的毒烟里，
背负腐烂的身体，陪伴僵硬的情感，
加入死亡游戏——驶过这间小屋，
没有港口。人群里，那个人画出的

山谷，闪烁着遥远地带的轰鸣和颤动。
林地安静，林中没有鸟，只有路径。
警醒如针，从安息松的叶片中飞过来，
麋鹿的心，在破裂的水边，久久伫立。

情歌

这铁的世界呀，这里的场所，
都供奉着她。她也会绝望。

她绝望时，就躲在角落里，
数头上的白发。她的绝望，

让她的眼睛，瞎了一般。
她惊恐地举起手中的白发，

她说，她要照亮父亲的峡谷。她还说，她的家，
如同她死亡的 幼骨。

风暴

黑沉沉的，一团乌云下，打不开心愿。
就连风，带来的亘古之言，

也打不开。黑沉沉的，这团乌云，
走动在你我之中。道路上升起的荣耀，

似乎眼前的明天。窗台上的书籍，
于云中，积攒的沙土，总使少年的心，

像光一样，陷入茫茫、林间。而他的
田园空旷，空对着轰隆隆的海潮。

他们希望光辉，医治山脉，让身体醒来
追随那个死去的精神，进入风暴。

我靠近一道白光

我靠得很近，我心中的疼痛，
伸手淹住了，透亮的白瓷。
瓷壁中刺心的私语，
层层叠叠深落杯底，
割断了诗歌的喉咙、舌根。
我恐惧我身后的黑影跟近，
我靠近，我抚摸额头，
一只瓢虫，飞落在汤罐之顶，
然后，安然飘去。我随手，
打开汤罐，腹中布满的蓝色毛菌，
像我久未登门的友人，
因无门可登，令我心惊。“绕舌而上。”
叫不出名字的青藤，
在风雨中敲击窗门。我紧握
这个夏日的沙、钉，我惧怕更大的
恐惧降临在我全身，
我靠近这灯火，似乎靠近了故乡。
我靠近一道白光。

词语

她躺在那里晒太阳，暖风甜蜜地
穿行于过路的人群。
我们似乎谁也不会看见谁。

她把脸　紧贴大地，
让身体安静、与湿地保持平衡，
深怕它不接纳自己。

她身边枯死的野草，举起手，
彼此偎依着。冰与雪
从深邃的高空　轰鸣降临，

击打我们的眼睛。她在那里，
沉默不语。她抱紧大地、
闭上眼睛，闪电一般　没入漆黑。

灵歌

每个夜晚，疼痛都在加剧。
我的头，我的身体，
我的心灵里，游动着，
无数哭喊的鬼魂。

他们在哭喊中碎裂，
他们拼命地飞。
他们在哭喊与飞行中，
放射着恐惧与仇恨。

他们，如同火焰，
在我的全身，川流不息。
他们生于正义，
却没有正义之国。

他们在恶人的牢笼里，
忠诚地工作。他们哭喊，
他们飞行。他们悲恸
他们的祖国，毁灭了

他们灵魂的居所。
他们在幽暗的世界里，
悬浮在无底的人工绝涧。
他们呼喊，他们滚动太阳。

田园诗

河流宽阔，水波呼应着
风中的毛草。生命的故乡，
被水中的白云照耀。

孩子们在烈日下的
急湍中洗澡。绝壁间，
一点彩色的焰火

如同石柱钉在水面，忘情燃烧。
我为此思考，我把那团火
看作爱情与巢中的花蛇。

邙山上

这块土地，风云不定，藤蔓依人，
我们在屋檐下劳作，
跟随死者，勇敢前行。

这块土地，密林纵深，地下安宁，
我们活着，倾尽所有，
传扬父亲，用他天国的词语。

颂歌

同一个窗口，你进来，
同一个我，是同一个太阳，
你进来，同一个暴戾的北风，
静止于屋檐之上，
垂青于地上的树。
塔楼的尖顶静默，
犹如静默的胸针。
那升起的，落在云端的心，
一文不名，她们归来的栖所，
是我向往的杯子。我投向渴望之地，
与生俱来的恐惧，
也跟着油然生起，
一堵墙命我退回。
隐藏在心海里的膝盖，
命我退回。暴风的余水，
涌向我灌满我的嘴。我深居心底，
全身吵闹的剧痛呵，
足以品味猛虎的狂喜。

悼马雁

这不是冬天，这是一块大石。
这块倏然飞来的大石，
拍住我的脑门。
大雾包围了道路。
我坐入夜底，
外头的路灯忽明忽熄，
追赶垃圾袋。
树枝上颤抖的心，
唤出你美丽的生命，
我再也无法听见任何动静，
任何耳语，
任何诗句，
包括铁风大力褫夺我嘴脸时，
抽掉我肋骨的暴行。
这不是冬天，这是一块大石。
这块倏然飞来的大石，
拍住我的脑门。
你跨出我们的路，
你“乘坐过山车”去远游，
在北中国你定于山上看湖。
你说“弟弟别怕，
有很多，很多的精灵，
常常自觉地，在夜晚出现，
陪我说话”。我看着你，
美好的事情，从我的
骨头里，崩出碎裂声。

我不会哭，我乖乖地趴下，
像冯妈妈那样，
捧住你为我点的白粥，
小心地不吃出声。
这不是冬天，这是一块大石。
这块倏然飞来的大石，
拍住我的脑门。
我忍受着，忍受着高墙，忍受着灯，
忍受着水管中哗啦啦的水声。
我学着倾听，强迫自己
安静，祷告无词。
风暴中你全部的隐痛，
已进驻冬日的星辰。

上苑纪

两年前，如同一场大雨
许多往事，停在秋日，
赞美身体。许多往事，
沉入海底，打磨黑色的
礁石。岩块上发出的
声声汽笛，如同山上的
枣树，穿过了山腰，
却被囚禁在山顶。
万道金光，住在果实里。
你从谷中来，欢乐之泉，
照亮矿脉上的荆棘。你梦见
地上的洋钉，如同蜻蜓
在空中乱飞。你梦见，
后山升起的云被光包围。

初春

屋脊上，悬挂着一道彩虹，
消失在你的途中，
而转向另一座城市。
你在她的心里，挖掘的
树坑，凌驾城市的脊背，
鼓动群鸦的黑翅，
向土壤的中心袭来，
你听到的，太阳一出现就昏暗了三次。
我们将手中吃人的
铁器，放回沉寂的箱子里。
深邃的脚踝、车轮，还有人群，
交出你，就必须跨过你，
树枝上久久的歌，
头顶上明亮的光，
拒绝生存，必须跨过你。

从我手上划过

金币从我手上划过
坠地之声如同银针
穿过我听海的耳朵

我怀抱双膝让阳光
尽情照耀。我耳中
沙滩如床，我让风

吹动我耳中的枯草
金币从我手上划过
穿越光波沉入海潮

静居在我耳中的海
地下室梦中的黑鸟
时时升起时时沉落

你和我

你我之间，公路
背向云中升起。

你仰望，就会出现
更多的公路。

它们通往的，
任何一个地方，

都有大片的密林
和空旷的草地，

都有向你我涌动着
深渊的窗口。

（给星星）

岛

我将手送给了，湖边的火焰。
只剩一颗大脑躺在铁丝床上，

在烧烤的炭火中，繁星众多。
在繁星下，让我和你靠近点，

爱一次。爱这个岛。让我们
躺在静闭的栗子树下，抚摩

朱砂。我们用朱砂在手心里
画野兽，让它们寻找、我们

在星光下，拿树枝修的夜路。
让它们走进橄榄林提升夜空。

四月六日

光辉，从废弃的建筑物上
滚下来，与山谷，
互相延伸金线的石基。

到了耕地的腹中，
我们的星空，没入漆黑的塔里
仿佛一面铜镜。

而死去的精灵，伴随着溪流
巉岩，日夜运转——
日夜运转——你的地心。

我沉浸在金子的目光里

我沉浸在金子的目光里
清晨的太阳在我体内流动

这是生命力，这是恩惠
这是地上的平安，这是我的心脏。

五点钟和七点钟，排着长队，
如鱼游来。他们张开的嘴，

在我的额头上，轻柔地合拢。
屋檐下紫燕的歌，和阵阵暖风，真奇妙。

清晨呀我的兄弟，谢谢你
把我领进枫林之中。我从金光中起身，

栅栏上的迎春花，伸出春天的小手，
热情地拥抱我。清晨呀，

我沉浸在金子的目光里，
蜜蜂呀枯叶呀，我的弟兄。

日光之下

你让他肉中，那个扩大的零安息。
你让风中的孤坟，田埂，

爱情，在风中，与河流同寝。
草丛中的百灵鸟，蘑菇云，

和矮小的山丘，缝补着过去的苍穹。
而群蛇，蜷伏在盛大的

光辉里，产下虚无之卵。它用时钟，
丈量它的阴影。（痛苦的圣子啊，
在十字架上。）漆黑的葡萄枝，如同矿井
在地下，连成一片天空。

晨祷

我们面对着无尽的苍穹，
生活在每天的惊恐中。
我们孤独，我们邪恶。
我们的心灵，像漆黑的矿井。

我们期盼的日光西下，
我们俯听山风，
我们的云雀，已经逝去。
我们的鲜花，争执不休。

我们渴望你走进我们。
我们渴望穿过蓝色的树荫
躺在紫色的树林下
仰望你，爱你，歌颂你。

秋歌

秋天是柿子树上长出的耳朵
神让她回到了秋风中

打开门，空气中淡淡的
芳香飘进神圣的殿宇

圣殿中的第一道金光
来自太阳，神从金光中走过

神没有告诉她的天使
秋风中最后一根手指的使命

我相信那是神给我们留下的
最高一层天空。她回到了秋风中

蓝天跨过浅浅的溪流
宝石美如蔚蓝的天心

蝶

晨光从丝瓜藤的缝隙里
射进我的书房

光斑落在地面上
随着外面的秋风晃动

我抽出秋风的手指
真心抚摸晃动的光影

温暖成片成片地从手上升
升至我的脑中

我看着光中的粉尘
我看着老人梦中的彗星

金属壳

从东城到西城
冬天日日夜夜
用同样的目光

同样的风声
同样的黑夜
重复同一个壳

从东城到西城
地球转动
我们的一生

如同车轮
驶入壳中
吊起朵朵白云

西山

西山无谷，由神耕种。
西山的脚下，
新修的羊肠小道，
承担着，无数的
星辰。星光之中，
路径，从星光之中飘起
又从星光之中射出
如同炉中互相聚拢的火星。
纵横交织的图谱，
与六楼的 所有窗口，
与“北中国”的
另一个隆起的建筑群体，
神秘 呼应。

（赠抱一）

练时日

我在你的口中，永无穷尽，
如同婴儿，充满楼层。

雨后的花朵，忍耐着强光打开
阴府——日出，水鸟，

以及每一个我，如同海水，
聚集在礁石上，盼望你在繁盛的园中复活。

山上的庄稼地，在半空中如梯上倾，
在风中，生入光明。

诞生

闭上眼，鸟都从耳中飞去。
车灯作为唯一的目击者，
打入夜内，与鸟并肩齐飞。

一片月色，从沉睡的脸上，
摘下游移的眼睑，穿越丛林，
追赶它们。其间的风，

于躺卧的庭院，将它们的
前路，悄悄地带回一片草地。
栅栏上，上升的，是蓓蕾。

鹦鹉

去年夏天，北中国一望无际，渡江人的
杨花与北海的台风，摘下防弹头盔，
测量风沙起伏的不毛之地。

笼中的鹦鹉，也敞开了心扉。她们头顶
一轮红日，跟我谈论富太太的园子，
以及朝天椒，向日葵，西红柿的品种。

因为空气里，荡起了闷骚味，蟋蟀想想，
没再压制自己的嗓门和想象力。
第二天暴雨，花瓣如同枯叶，躺在泥泞里。

笼中的鹦鹉，伸出双手，叫来一群姐妹，
她们谈论掌纹，谈卵子近期的售价。
谈论子宫时，欲飞看“寺内斜阳下沉”。

万灵节

轻风中幽美的琴声缓缓飘来，
圣殿里的颂歌缓缓飘来。

太阳收下了最后一座山丘之后，
林中的石径伸向星夜，

似乎完成了余下的缝口。
苍茫涌入，山峰的友人高举

金色的灯盏延伫。和平的庆典尚未开始，
空气中的花香，便从石径前飘来。

大地上轰隆隆的马蹄，
是那云中的盛宴。

在基督里

这么多树叶，在银光里闪耀，
这么多光芒，你看如此盛大。
金色的年华，像金色的葡萄，
在葡萄园里，我梦见了果实。

这么多果实，沉睡在竹篮里。
这么多果实，如同大地之子，
在森林近旁，山鸟的提琴声，
已经圆满；归于森林的沉寂。

银光里的树叶，用自己写的
新歌来赞美，晨曦中的爱人。
光芒之中，我深爱深爱的人，
伸出双手捧着我，让我依靠。

主啊，求你俯听

我知道你的气息充满天地你的爱照耀着我们的村落。
我知道唯有你是我的拯救，唯有你战胜了我们灵魂中的荆棘与死。
我知道你是我的生命。我知道你的话语你的恩典
能够治愈我心灵中暗流不息的疼痛。

我知道我们生活在这个只有墙壁和肉欲，只有残酷和金器叠加的偶像之国里，我知道是你的能力保守了我救我脱离了从这地上来的种种凶恶。

主啊，我在这里，头枕在岩石上，当我长久地仰望，
当我将天上的白云看成了那唯一的一道窄云之时，
我发现我这里的每一颗晨星，都伴随着无骨的凉风，
掠过云层，进入一个莫名的大湖之中，燃烧起来。

那个昏睡的大湖，那个一片火红的大湖，高悬于天上，高悬于大地所有的生灵之上。主啊，你让狮子从火湖中飞出。

主啊，我看着狮子口中喷出的火球，我听着阵阵惊人的咆哮，主啊，你使我不再哭泣。我用我断断续续的祷告，我用我寒光闪闪的母语，数着森林的上空沙沙 熄灭的明星。主啊，求你怜悯我。主啊，求你将我从人的肉体和诗歌中，释放出来吧。

圣母升天瞻礼

早晨的太阳，像上主口中的
一个词，以全部的爱，
全部的给予，普照大地。

上主之下一片一片的玉米林，
身披薄雾，广阔无边。
它们像矿砂一样，诞生于

太阳的沉寂。它们在上主的心上——
一种来自天空的
生命的力量，沉睡在圣地

子民的眼中，如同生长在
他们肉身内的绿荫。加俾额尔穿过梯子上的
蛛网欢呼，啊，欢呼　赞美！

人与树

削掉葱头，减去三月的
窗户。两片鱼做

一碗粥，幸福——
从锅里溢出。一团雾，

扑面而来，当我是秋天的
一棵榆树。你探探头，

看一看太阳留在树上的
脚印。两只喜鹊，

屏住呼吸，在寂静的长廊上，企图
占领我的哀求。

十字路口

弥撒礼成。神父带上我们，
将车停在十字路口。

我们遵照神父的告诫，
站在路口，站在上主的

手掌上，等待着那张
银色的大网，从天而降。

我们站在那里，细数
来来往往的农用拖拉机，

骑电动车上班的女工。
这时工厂里的煤烟在我们

身后飘起，如同另一张网，
在晨光里扩展开来。

它们在我们的天空上，
阻断了行人的去路和货车的

归程。它们追赶，仿佛要将我们
从天父的手中吞灭。

天桥下的歌手

天桥下的隧洞里。“城市和人群，
疑问和猜忌，吃人的噪音，
和你的歌声一同，从你的身边
奔涌开来，封堵地下

通道的出口。”你的歌，你的嗓音，
在你的喉咙里，割开你的皮。
你看不到你好像越长越小的楝树，
和树上的苦苓子——闪着光。

你对行人唱，“梭椤树盛开的
蓓蕾。白杨的微光。”你在观众身后，
剥开玉米，细声吞吃髌骨。

你的嘴坚定地朝向摇晃的太阳。
你走近爱人的大房子，挖开多石的山丘，
坟墓，指向　你的额头。

天使们

我过早地将你们邀请到我的
城市里来，因为我想和你们
生活在一起，因为我想

从你们的歌声里，获得来自
上主的能力和爱情。因为我想
知道你们如何爱神，你们

过去的甜蜜生活。我知道你们的
身体，是天主恩赐给我的语言。
我看着你们不熟悉的河岸，

向你们走来。我确定我和一排排
杨树，在你们祈祷的地点，
围成一个圆　目极千里，

平静的草坪好像蓝天，看不见
点点微澜。你们在羔羊的草原上

奏乐，你们低飞，你们从光明中飞来
守护我们跌倒的爱人，
和我们心灵里受伤的父神。

日光灼灼

日光灼灼，肉铺里的铁架上
悬挂着的黄昏，缓缓涌入
我们的大脑。盘旋在我们

大脑中的长蛇，吞噬着日落；
日复一日地，吞噬着血淋淋的
日落。日光灼灼，湖边的

铁匠铺开着门，当我们转身，
大海便从我们的眼中涌来，
澎湃的潮水，撞击着大海的

墓碑。日光灼灼，山脉沉没，
天空中，祥光忽然一闪，黄昏的
缺口，开始向这世界喷火。

悬崖上

我们在悬崖上看云。

通往天空的山路，
泥土清香。我躺在爱人的

膝盖上，我在死者的
　　手掌中。晃动的岛屿，

　　如同熟睡的天使。

星和光回到了神的殿里，
岩石，息于险峰。

树丛里

躺在树丛里的人，他入睡的
时候，没听到任何风声，
没有任何先兆。

唯独雨中的白光，将他的
视野和身体，在雨中照亮；
停在云中的雷电

好像解开了他生前所有的
衣裳。他躺在树丛里，
他认为，那是他

一生的开始，也是对
他一生的反抗。他不明白
晨光中，遛狗围观的

太太和退休职工，为何嫉妒他
年轻的尸体。他们
围绕着他（煞白的身体）

如同黑风。他，他的梦，
他的黑暗，聚集在他煞白的胸口上，
好像坟墓里走动的时钟。

树荫下

雪夜之前，你等不到
三月的麻雀回家，

等不到马车从白色的羽翅下
驶过。田野向狭窄的

远方伸展。厨房里的
盆盆罐罐，还可以装下

更多的雏燕，带来的
渴望。风沙中沉睡的枯草，

从雪中探出头来。
剥了皮的土狼，装上水晶眼珠，

巡视着悬崖上 那一丝丝
细微的，风吹草动。

寂静是你，天穹是你，
朝向隐蔽之门的还是你。

青春诗

雨中的梧桐树雨中的细雨，天上的朝圣者，
如同绽放的玫瑰，聚集在上主的乐园里
和枯死的树枝上新生的根芽

齐声欢唱：阿勒路亚。

风雨中你从南国来到北国，你从雨中的水田连成的
大片汪洋上来。你从广袤的大地上欢快地飞来，
　　风雨中你心中的海棠，永不改变。

你飞过大别山你飞过农田，你飞入橄榄树林飞入花园。
你站在陡然竖起的石碑上，你以神的名义向深谷祝福。

海河

繁星拉开他的上空，柔软的
虚无，好像光阴，

在城墙上，越看越密。
空中闪耀的，鱼鳞的屋脊，

与包孕生灵的穹苍，在晨光中，
向着幔帐，与峰林，

彼此辉映。繁星拉开他的
上空，一只巨大的手掌，

和盾牌，向下、向下汇入沽口。
而云中的　黑眼睛，

好像后羿的第九支箭，将悲悯
引至天庭，和路径。

世纪

我站在警灯里，冬夜的
北京，正在渗水，
正在坠落砖石。

金色的蜜蜂，从我的耳朵里飞出，
钻进午后，该隐的太阳穴。

（赠许灏）

精神病院

我们待在各自的城堡
我们读太阳的光芒
我们头戴 天上的祥云
同样的白光之中 他们讲述

那白光锁定的楼顶

我们待在各自的城堡
我们在路上 我们挖坑
我们无所畏惧 我们堵塞恩惠
我们尖叫——我们堵塞——

山川之心缝补未来

七月，锡林浩特，人烟

哐当、哐当、哐当，拉煤炭的大卡车，
如同寂静的夜空，摇动的木制风米机，
在宽松的西乌珠穆沁旗长途汽车站
和围起草原的公路上，一辆接着一辆：

它们绕着弯，开进烂砖砌成的停车场。
他们在这里大小便、换胎，从烟尘与垃圾中
走出来找饭吃，过夜的：洗澡、嫖娼。
我站在路口，蹲着的、站着的，开始

走动的男人女人，他们的眼睛在我身上
晃晃悠悠。我听着，风从车站对面的
塑料大棚里，送来的叮铃铃的打铁声，
它们在寻找什么？“哐——哐当——当。”

路边上，年轻的小伙子，满脸油乎乎的，
在黑腻的长桌上虔诚地卸牛大腿，
他的砍刀上堆积着成块成块的羊脊椎。
他和他手中的磨刀棒，专注地工作，

似乎与我们无关。我从他的蒙语祷文中发觉，
他的每一刀，都非常较真，都隐藏着同一个新娘。
他的每一刀下去，都那么精准，
都在与那位新娘，牧放着亲密的牛羊。

孤屿山上

关上门，风就开始吃我
对面的窗户。山泽里，
永不熄灭的谢灵运 处处灯火通明

云层间动荡的海潮，和树林中的
峰峦，在夜晚拥抱起来，
仿佛隐藏着，巨大的星空。

我倒出瓶中成年的蜜蜂，邀请沉睡的山径。
雨丝里夜鸟的叫声，好像从我的肉中
走进岚烟的人群。

赞美诗

高原上的积雪崩溃了，你的河流在我们的内心复活。
你让我们和你的福音流向地极。

你让死水中的枯木，露出新芽。你的怜悯使土地生育。
是你的光明，喂养着所有的生灵。

你俯听藏在林中的野鸟歌颂你的圣名。你让狗獾
从洞里跑出来，在草地上，歌唱新人的婚曲，

在你的光明里。是你让我们的心灵之城，永远盛放着
天国里的八种玫瑰。你把你的孩子们，

放在大地上生活，你告诉你的孩子们，大地也来自于你。
你命定日月星辰，守护着你的孩子们。

你掌管着宇宙，掌管着风雨雷电，掌管着气候交替。
我们的天父，你的一切作为，

是将你的孩子们，全部带回你的乐园里。天主你让我
在你给予的生命里，看到了黎明活在苹果树里。

静物诗

一

火焰是我们朝向的出发——现在她始终无法偎依，
宛如特定的两块地域之间，必须天然的河流割裂。

他们与自身的完整，源于彩虹的统一。大气聚集：
茶壶的胃里收藏一片云。铁器之耳，亮出水与水
之间。听觉行使那块冰镇，每一个声音转向每一个

声音的内部如隧。——我们与我们，谁居其中
穿越上苍，穿越大地肌肤上陡然垂下的繁星屏障。

二

雪亮包围雪亮，一层胜似一层。人世上，谁能够
揣摩其中的奥义？也许群居寄生：始于一种仪式，

对太阳西沉，对星辰密集。这里的群体，马上经历
他们中一个咒语一个预言。灵魂中的召唤牵引大家，
仰望一匹线形白驹——在意念里狭小的管状环境，

在山野的百合丛中，在闪烁的精神生活组装的思维
木盒内，我为什么转入：“我们不再是生父之子。”

三

性与性的混乱组织，宛若洋葱绝世的敏锐，用刀子
包裹与爵士乐一同醉酒的“同仁”。眼里，放射的

光体，就像吹出来的泡泡，身陷其中——不敢否定，
河床安稳。河面上隆起的高压积雨云，被群星晒成：
小片、小片的光润，如女孩脚底板的“白地”，——

接近镜子。“面对它的人——自己见到自己，为什么
没有丝毫感应？”闪电来临，内心躲进各自的恐惧……

四

风造就的不真实的湖泊里，麦田荡漾的宁静，穿出
一只飞鸟，它的惊鸣叫牧童清醒“暗杀时的现场”。

锈迹斑斑的音孔里，汇集的清泉，从一块石头流经
另一块石头。手伸入泉水中，记忆摸起一根白骨
一颗眼珠。它们，“一个留下了最后的火星子，

一个留下了最初的宇宙。”一头回到母体的子宫，
黑暗的民族源头断裂：湖面大浪翻滚白云的死尸。

五

下半阕的进程：不难阐释奇异的梦境，在上古的

格律与音组的传统追踪中，流露出古典与现代

互相破碎的不全蚁穴。什么会出现在彼此之间？
在被造物与被造物之间，智者回头：一根古代的
线，紧系一只现代的鱼钩。在湖、将在后面的

池塘——鱼背上生长的青从我的双手跳入其中。
荷叶下，灵动的线型流水之影，已回到了深林。

六

步入诗歌梦境里面的：出现在彼此之间的听觉。
现在她把自己的局部全都聚集起来，在每个

心灵里面铸造楼宇。它，里面的暗道悠久漫长
就像朝向它脆弱之处的目光，卑微的青草，
萋萋生长；没有谁为挺立在高空中，冷漠的

营构，永远绝望：对着楼宇的语言和它的书写者
互相记录而渗出的水田，过路人播下他的火种。

七

沿途的清晨走向大地。生命与生命里的细小脉管
植入沙漏之中，接受筛选、接受恩宠。水底的

河蚌，微风中的叶子，上下翻飞的翅膀……
它们的心灵开启在各自的城。我们打开封存

之书，感谢：壁虎已提前于我们的视野，

吞下腹部饱满的雌蚊，静卧在与其肤色相似的
眼角……他们沿途所希望的，也是晨光所希望的。

消解之梯

一

我的身上含着一滴人血，并且仅有一滴。
我保留还是舍去？这让他自己再次退回，

当年面对深谷 溺水 沼泽中的自己——
我“母亲”一直禁止 我追问其因由。

至今，后脑勺上 我和我的隐约 重叠期
迷蒙一片。在某天枯夜，我发现黄色纸张

包裹的火焰，正在静谧中篡改其本色。
这，绝不能看作偶然。你、我、我们
脉管中流淌的液态，相同 无法拒绝

这种可怖事实。而“母亲”当年所遮盖的
我追问的不明雾气，成了我的见证。“人”

开始“人”——平衡背后的不平衡如火。它
出来，谁设计 莲花幡然 血液之舌？阿门。

二

高从我身高之上，坠下一朵灿烂红花。速度
之痛让我疑惑，闪电并未 始于雷鸣之前。

我与自然没法争辩。面对物理命题我不避
意外之约，就让意外托起我，如同敲开的

核桃，向外彰显 女子湿漉漉的初夜，呵，
初夜。那些如雨的胡茬麻密。它本就是雨。

使我和白夜游离。我的触觉像双手，在泥包
裹的身体内部张开一把雨伞。它不担当干燥，

只要挟潮湿，就像我被时间证明必要的时间。
此时，我必点燃烟，来充当这虚无之眼。用它

询问，比痛落后的是什么？比静快的是什么？
闹剧查封门窗抽屉，我无从下手在艳阳在烟花。

三

床头下挤压的：铁锤，玻璃碎玻璃，
电触电。“焦虑”专利已成为我的，

市场的。忍之受者——与之享用。
这，也难怪。“我”是吃纸长大的

一代，汉字始终验证 不出秤砣里
铁含量。需要改良意识形态？还是

压制池塘中浮出的石块？沉默淬有
剧毒属于禁忌，“我”准备在某地
放它一炮，消解现场竹花下落。“我”

成熟了。地址和阶梯都顺“吾”之意，
同龟在海边濯洗眼睛，汝需莲花何意？!

四

“感谢你，给我安排一段失明期，让我在
自身的黑暗里征服那人的局限。”“感谢你，

让我成为，你万国之国里的子民，你天国
里的王子。”“感谢你，你用你的血和肉清洗，

我内心的罪。”“感谢你，因为你在
我身体里植入了灵，我便有了灵。”“感谢

你，让我必听必行你的道，以你的名行你的
事。”“感谢你，这些时日，是你让那棵对生长

失去信心的海芋，长出婴儿拇指大小的
叶片。”“感谢你，因为你，那只对它产生

怀疑的雏鸟，才得以飞在地面之上，天空之
中。各从其类。”“因为你，我得以与汝促膝。”

五

我走在世间，不屑于被人听见。纵然有许多
皓齿，在窥探我。唯恐误解，我晨练一堂

植物方言，惯于用它们与我交涉。因为，
我已过早地忘记了人类话语，这里不含

尖刻，有有邪念，像水，流在我的脉管中，
循环自由。“我的固执恍然颦笑，噢耶，

谁在推推不动的，尚未派上用途的通天
电杆？呜呼！”“吾得幸，得幸！”行走在

高速公路上的水牛，我和我的影反作用于它的
眼。它，向我苦苦哀求。道便成了终身契约。

六

警笛从声源处袭来，我如坐针毡。对于养生学来说，
它的刺激像气体茶杯，水竹的须、石的前生、雕像、

自己等，全日制地在此寄生。与我相悖而居的越南人
和他们的民族歌曲尚且未知此事。可能他们与异地之间

仍然保留一道陌生的风。我的想象在他们的间隙里，
像荆棘丛中的蠹虫，明晃晃的，不容置疑。就是

它穿破生疏的纸墙壁。将门窗关闭，这是我们彼此
唯一选择。谁，若是不提高效率，就等同于被判处

重刑。我开始厌倦“人”，但我不拒绝自己。我朝
山上望去，呵，斜阳顺一斜梯 对自我生命反冲。

潜意识停，“那些在外力作用下左右摇摆的生物呵，
你们还是你们，唯独我们不然。”火灾里谁溺于现实？

七

他愈发觉得你像你缝纫的布匹，“母亲”在流水线上
傲然流产，干枣、桂圆、红糖、水，断裂了他的有机

部分。二十三年像二十三枚脚印，在碟盘底片上
悄然分离。此刻，你不知道你是谁，也不分辨橙与橘

究竟几米。首先他得相信，你的心圣洁 茂密爱的
枝叶。它和你，在阅读他的鞋跟，反阐释他的科幻性。

而你呵，哪里晓得透明的福与祸，含有他的哲学明暗
不定，他的不能所欲随心！他开始幻想，你用手行走。

为了证明你的假悲悯、真大空，他便行动。倘若可以，
他将用自己的痛，医疗他人的。整治吧，他是他“母亲”

手掌上的裂纹、一直不退的老风湿。云际有霞，不得
深处，又有谁令骆驼 穿过针眼，填充他的虚无之身。

八

当下的钱庄，就是现代派银行，像一台年迈的抽水机
灌溉不懂纳粹的秧苗。水、水、水，有水就行；有水

就能提高“金币”生产数额。在这个过程里，石油
消耗我们的，像我们整吞下肚的年月之美；饱，像

银太太家中的宠物、那些沉寂之鼎。唯独他像疯子，
口含艺术家气质，头尚未梳理，跑到自动取款机修道

之地蜕皮。他就站在数条粗壮有力、摇摆不定的蛇尾。
他有点傲慢，但已挫败皇族气势。等待多时，他才朝蛇

身迈出一寸。“呵，生长多么艰辛。呵，忍耐才是我们的
天命。”他正想，某个朝代 某些难民在机械记忆里排队

求生。而那个发放救济粮、防寒衣的高大全，他对他，
只有子弹大小的涉及。想象打开 收藏月光 关闭仪器。

九

房间 空的。被窝 空的。何时起日月开始无华的？
尚未计算过。我，一个人在一个圈里画圆，“噢，灯，

噢，热，四年都没洗澡 更替了。”我，一个人静止于
书架前，像一面镜子搂搂抱抱，“噢，桃，噢，花，好久

都没你音信了。”烟灰缸底部的灰尘是你带走的，它现在
亮得绝望。“我的指甲长长了，容颜红白。”而你的假牙、

睫毛、唇膏，在这里恍惚都不曾出现过。“错。错。错。”
我和圆存在彼此生疏，但都信仰沉默。你是否知道？我在

用口语与我饲养的植物沟通你的升落，黑水晶里的注脚。
在冬天、山坡上，谁点燃枯草？我瞭望 唯见青烟默默。

十

我无端的下意识像一块“自由地”，除了自由
什么也生长不出。你们不知道，在这里，

我的脚曾经粉刷过“真理”。原因是，
在这块地上，我写出了一个外国人的

名字：马雅可夫斯基。你们不知道，
一九六八年，洪水淹没于我。因此，

这块“自由地”便成了牛羊泛滥之所。
我的下意识向上，如一颗不肯收回的心。

你们不知道，仅此难以构成这块“自由地”的
完整性。现在它，存在 时间 空间濒临瓦解。

十一

时光上 那个用野草织成的女孩 她每升
一个梯阶，就会唱一首天梯之歌。我好久

没跟她祈祷了，现在我不知道，选择哪种
语言合适沉默。“他”的手把你的美，造得

超出奇妙，总是让我的写作，在关键的下一
刻 中断。“我知道没有一个人值得我嫉妒。”

我也知道，“在这个尘世，我已一无所获。”
可是现在，我只想在你胸前，看着朵朵花开

花落，等待我的眼窝 皱纹 身高，与火同消。
当我立起身，呵！山谷百合和白帆点点。

十二

呵！似梦非梦，“猫的尖叫，堆积成玉米棒，
我掰下它的仁，喂养我的错乱神经。同时，

我也在撕扯尖叫之舌，和它明晃的牙
锋利之爪对弈。因为，它抓破了我的

被褥之花、月光的脸，臆想把我清剿……”
在这里，在汗味的虚惊里，苏醒通向尸解

之梯。呵，这尚未认可的叛徒。而记忆
可能被记忆干扰，也可能被非主观的

翻身清洗，这梦里的真实场景……那时候，
人的懒 都在加剧，我们的贪婪拿不住纸和笔。

十三

蝴蝶犬躺席梦思温床，这并非橘子问题。
我们的心电图系统需要更换频率，这才

能观察神经系统中，哪里有杀不死的病毒
哪里有蕨类植物 哪里有橘子卧巴基斯坦之毯，

并非蝴蝶犬梦遗。还需证明吗？杀毒软件
大家喜欢俄罗斯的卡巴斯基。呵，赞美，

“乖乖，这玩意就是强悍，直接逼迫我运用
性幻想方式，积极阅读帕斯捷尔纳克。”看完

他的医生，还想抄袭他的流亡，最后他的二月
被时代扑灭，“呵，豪杰播放器上，正在进行

一场浩劫。呵，烧香的熊猫。噢，再多爱我一点吧。”
呀，说明书上还说，“杜甫不仅是中国的。”

十四

此刻 我的处境 时而形而上 时而
形而下，像空中的雪花，但我说不出。

因为，一旦说出，另一个人就会在道上
走丢自己的脚 影 思想 灵魂。呵，

请原谅，我不是医生，但我着实能医治

通病一种。它的秘方是，我的血入药

医治别人的血，我的骨 作为药引，
治疗他人之骨。呵，你们……我不托

你们存在、我。呵，谁能告诉我：在蜥蜴
眼中 在鸵鸟眼中，我与谁通体？也罢！

十五

噢，亲爱的，我在读信。呵，今天，我才明白
加深我和夜色的，原来是以外的人。“嗯，

叫声在敲门，嗯，那你闭窗吧。浓度若是上升，
就报警。”噢，亲爱的，生就是死每日的

零用钱吗？呵，就更新你今日的昨日吧！
如果，你觉得年轻是大量的活力因子。

“嗯，天气逐渐老龄，外套不能触及水温。”
“嗯，我要扒下我的皮，事先让服务 QQ 你。”

呵，亲爱的，我在作弊。夜宵鱼，你就负责吧，
别管我 红烧或者清蒸。葱、姜丝、辣椒已完工。

十六

这是一生中第几个清晨？

地衣，为什么贴夜生长？
为什么望在墙角的拖把上？
或许 如你所说，这不是事实。
“我试图坦白，却没有什么能够坦白。”

呵，这是一生中第几次日出？
地衣，为什么变换着颜色生长？
为什么你睡在我的神经末梢上？
或许 如你们所说，这开始就是
迷局。“我想说出真相，但感觉徒然。”

十七

这是注定的，“卡车 卡在你生命的
眼线。”这是注定的，“大黑鸟降下，

膝盖加速软。”这是注定的，“你完成
了我。我成为你写作中那片失踪的

荒漠。那悬浮在空中的雪落下了吗？”
这是注定的，“忍冬花脚下 黄蜂翅的

河流，安静的 不绝绵绵 天问个招魂。”
这是注定的，“在尘世里，我们谁都无法

寻访灵魂出租之所。”这是注定的，“监狱
关押月光，禁忌 囚禁 无可路退……”

文 选

蛰居安宁庄西路

2009 年秋天，我合上并未读完的陀思妥耶夫斯基，来到北京开始了我人生不知终途的旅途。那时候，我非常清楚，旅途一旦开始，就不可能再终止，即使你笃信你找到了那一块对你永远忠贞的彼岸，在时间和人事的分裂与变化中，那只是暂时的，瞬间的，因为人的智慧，人所积累的经验，创造的文明和传统，以及历史，告诉我们的真相是，人的总体的经验与文明，一直在要求我们保持对造物主的顺服与爱，这是每一个人喋喋不休的命运，诗歌的任务和使命在他的眼中，如同他道成肉身的身体。我所喜爱的诗人布罗茨基，在一篇名为《我们称之为“流亡”的状态》一文中，从人文经验的角度也表达了另一种值得认同的看法，他说“文学就是一部字典，就是一本解释各种人类命运、各种体验之含义的手册”。这是我刚到北京之时的一个内在的精神回应，那时候，我已经在个人信仰与文学写作之间建立起了一个互相维系的维度。信仰让我的生命非常受益，我常常体会到孤独的自我活在一种丰盈的光照之中，在这种光照中，可以随性地获得写作的灵感与文学启示。那时候，让我疯狂的是我找到了使我相信的恒定彼岸，它让你的灵魂栖息于此，而不受伤害；它也烙在你的各个器官上，影响着你对周身事物的感觉、辨识、理解与进入。

那段日子，我和一个家乡的电脑狂人，同住一间卧室。他的电脑式作息，让我这个黑白颠倒、昼夜不分、毫无生活规律的人，感到十分痛苦。后来，我花了很长一段时间，才把我的作息习惯矫正得稍微正常一点。生活安定下来之后，我开始将从武汉风光村运过来的二十来箱在武汉读书期间购买、收藏，还有朋友送给我的，我自己在武大校园打印店打印的、由自己编辑整理成册的书拆开，当我打开纸箱的时候，箱子里散发的油墨味、纸香，灰尘以及槐花的香味，迎面扑来，那种欣喜和幸福的感觉，立刻通过我的鼻孔流进我的身体，然后再从我的眼睛里涌出眼眶，好像与久别的爱人拥吻在陌生而可怕的异乡大街上。刚来北京那几年，我仰仗着远方亲戚的支持与帮助，继续着在武汉的那种读书与沉思的生活。对于工作、上班的事情，我的大脑是一片空白。在我现在的印象里，我只记得我那时候，躺在床上，睁开眼睛只看到小区人行道两边路灯的微弱的灯光，和高远之处的天空微微明亮；再则便是混沌的黑夜包围着我书桌上的台灯和我的后背。就是沉溺在读书中，不知不觉地天就黑了，在这种毫无意识的夜幕降临的仪式中，潜藏着一种强盛的悲伤与忧郁的死亡练习。

有所不同的是，北方的空气，在我的感觉中，四处流窜着细腻的沙尘，从你的脸上划过时，有刀割之痛。而水，是那样的坚硬，无情。这让我进入冬天之后，非常不适应。这种南北地理、气候和人文环境的差异对我的影响，主要体现在我 2013 年之后的部分诗歌作品中，在北京的生存经验逐渐地融合在了我的诗歌里。和往常一样，我将过去的诗稿修订好之后，首先发给我在武汉生活的朋友李建春、荣光启、黎衡（黎衡后来离开武汉，去了广州），还有北京的前辈王家新、周伟驰，还有那时生活在河南开封的耿占春（现在长期生活在云南大理）、萧开愚（现在长期生活在上海），长沙的路云。

直以来，我们都是以这种比较私密的方式，阅读着彼此的诗歌；我们的友谊、自觉和写作上的焦虑也保存在了我们的诗歌经验里。除了宅在家中看书之外，那时候，我没有结交新的朋友，偶尔也会和以前认识的朋友见见面。那时来往较多的朋友有北大的余旸、冷霜、徐钺、彭敏，人大的有张伟栋、葛体标，还有北理工的邱启轩，中央美院的盛华厚、徐家玲，中央民大的赵高忠（在他的寝室里，他还送给我一本张枣的《春秋来信》，复印本，我尤为喜欢，现在仍然被我珍藏在书架上）、王辰龙，另外就是北京的诗人蒋浩（现在生活在海南）、成婴和昆鸟，成都诗人马雁（1979—2010）。这些诗人，这些朋友，还有我们之间的友谊，在我的成长中弥足珍贵。这是我 2009 年至 2010 年期间，与诗人、朋友，因为写诗而相遇在同一片天空下交往的神秘地图，因为我相信人只有活在语言中，凡事才会皆有可能。

那几年，我去的最多的地方不是书店，而是教堂。去的最多的一所教堂是西直门圣母圣衣堂。因为它在地铁四号线新街口站旁边，出地铁 D 口走路两三分钟就可以到，比较方便，也节约时间。我每个礼拜天下午都会从地铁十三号线上地站出发，去教堂望弥撒。在教堂里，我听着不同语言唱出来的赞美诗，那个时刻，奇妙的是，我看着眼前的每一个人，他们对我来说都是一本明亮的书，我期待着细心阅读。弥撒结束之后，我领受着主的恩赐与灵命，坐上地铁回到上地。走出地铁之后，我唱着赞美诗，顺着马路旁边，昏暗、狭窄的人行道，穿过一个漆黑漏水的桥洞，不到两站地的路程，就走进了安宁庄西路。沿着安宁庄西路笔直地往前走十来分钟，就可以回到住所。那时，这条马路的两边有两排非常伟岸的白杨树，冬天的时候，我一走进路口，总会被龙卷风卷入沙尘暴中，我面对着风沙往前坚定地行走，我的脑中就会浮现沙漠中的摩西，在我的想象中那段路的开端就像我的耶路撒冷。夏天的晚上，我从这条路上回家，绕着二炮司令部的墙根向前走，心里就会有种莫名的恐惧，因为那些在路上巡逻的军人，总是让我的头脑里发生幻觉，我胆战心惊地伪装成一个勇敢的行者，而我头顶上的沙沙作响的白杨树叶，在空中尖叫着，我恍惚陷入了一个人的手掌里动弹不得。

过不多久，对这一带的环境熟悉了，我便从当代城市家园搬到了宣海家园里独住。这两个小区，都在安宁庄西路上，我住进来的这间主卧比以前住的卧室大了许多，同时租金也贵很多。这间卧室在那栋楼的最底层，每当夜晚和大清早，卫生间里的水管就会永不休止地流淌着哗啦啦的水声，这是我无法忍受的声音，尤其是睡觉的时候，这是最痛苦的，我开始长夜失眠。就在这个时候，我认识了诗人王炜和陈家坪。记得那个下午，王炜邀请我到他家吃饭，他住的地方距我这里很近，我一进他家，王炜就从厨房里端出来了他做的酸菜鱼火锅。我们坐在餐桌上开始撬罐装的啤酒喝，我当时以为王炜很能喝，那时我们并不算熟，我就礼貌性地敬酒，我记得当时一起的还有申舶良和他的女朋友。我们一边喝酒一边谈文学，我一直在听王炜谈西方文学史上的大诗人和那些被忽视的现在不被人谈论的文学大师。因为之前，我没有读过王炜太多的诗歌文本，也没有形成互读上的某种精神默契，我只能在他的看法上进行自我辨析。不过，很开心。临走的时候，我跟他要了一本他自印的诗集，我爱不释手。最后，他让他的妻子开车，他陪着我坐在后座，将我送回家。他一进我的卧室里，我就想打开电脑请他看我写的诗，没想到他坐下来抱住垃圾桶就开始吐了起来。这是我对这位兄长最为真切的记忆，对此我一直对他充满感激与敬重，我们的认识也是从这里开始的，我向他致敬。在这个卧室里，我有过一段非常痛苦的经历，有一天早上，我洗完澡坐在窗前的冬日阳光里看书，突然，从阳光里飞进一条巨蟒，钻进我的大脑里，盘成一坨，我闭上眼睛就能看见它。它在我的脑子里，转动的时候，非常凶猛，我的头，时而裂开了一般，时而似乎有人在我的脑子里用斧子到处劈砍。我将双手，紧紧地抱住脑门，在卧室的板上打滚。这是我那段时间最为痛苦的事情，等那条蛇在我的脑子里安静下来之后，我就推门跑到了教堂里请神父为我祈祷。从此之后，每天夜里我只能听赞美诗、祈祷才能入睡。那时候，我只要去了教堂，就不敢回家。回到了家门口，也不敢开门进屋。更不敢，去见朋友。后来，我实在没有办法了，就去广宁村昆鸟那里住了两个晚上，我从来没有向他提起过这件事。这条巨蟒在我的脑子里，足足折磨了我半年有余，有一天早上，我抱住脑袋，在银杏树下晒太阳，它突然从我的脑子里钻了出来，我看着它向太阳飞去了，我的身体立即轻盈了起来。这是我那段时间的生活碎片，祝愿大家在尘世生活幸福。

2015 年 12 月 7 日，鼓楼

写作的起源

——《我的诗篇》研讨会发言稿

波兰诗人米沃什写出了他诗的见证，我认为，见证在信徒与诗人两者之间的精神性上，达到了某一区间互相统一的米沃什，带着他那综合性的自我甄辨能力返照出了他身上的另一个该隐屠刀下的欧洲。作为诗人，他终其一生都以写诗来实践，或者"……将作为存在本身或第一存在的上帝称作万物的'第一原则（primo principio）'和'原初的和纯粹的活动（actus primus et purus）'"。毫无疑问，这是米沃什在他的写作中行走到他生命的晚期时，对他个人世界的终极命名，我们可以在诗人周伟驰翻译的《第二空间》《塞维利奴斯神父》《关于神学的论文》《俄尔甫斯与优律狄克》等诗作中读出这些，也是自我意识的唤醒与刷新。

我之所以会说到这些，是因为我们这次讨论的话题，让我意识到我们必须得回到自身之中，以个人的写作、记忆与真实的生存处境，来指认我们生活的这个时代，来清算正在被切割、压缩，然后"制造""生产"成商品的，人的基本的生存与公共空间；甚至我们现实中的人，也似乎都成了意识形态的"时间机器"，这有点像威尔斯的《时间机器》里的情况，我们在这片共同的大地上，逐渐被奴役成埃洛依人和莫洛克人。这种生存空间在逐渐向一种势力（极权）全面沦陷的过程中，对于这个时代的诗人和他的写作来说，似乎最能体现雪莱和乔治·奥朋（George Oppen）所信奉的教条："诗人是没有被确认的世界上的立法者。"这句话，看似有"缺席、空缺"的讽刺与敌意，但是我希望大家将其与中世纪时期的殉道者和西方传教士的殉道传统贯穿起来，放在人类过去的漫长的发展史中来看，会有不一样的发现。

写了这么多年的诗，我还是比较信任，文学作为一种自发的值得珍视的力量，它的功能恰恰是激励人类活下去，像许立志（1990—2014，广东揭阳人）、小招（原名李建辉，1986—2011，湖南会同县人）、吾桐树（1979—2008，广东梅县人）、余地（原名余新进，1977—2007，湖北宜都人）等诗人所选择的道路（自杀），从基督信仰的角度来说，是不可赦免的大罪，我只能对这些诗人深感痛惜。当社会公众在网上消费、娱乐这些诗人的死亡时，也触发了我对写作的起源与动机的思考，就是说你为什么写作，你写作的意义何在，究竟是什么启动了你的神经让你提起笔来“胡说”。因为我也有过类似的经历，在我十岁左右，我因父亲的误会而被毒打，我反抗无力，身心绝望，便就想到了死。在关键的时候，被我母亲发现了，将我“挽留”在了人世，我就这样第一次体会到了爱，意识到了死是一件非常可怕的事情。从那以后，我将我听到的，看到的，尝到的，感觉到的，想到的，疑惑不解的，和我用嘴巴说不出来的，都埋藏在我的心里，因为我根本不知道如何说话如何表达，我感觉我自己就像一团笨重的混沌之物。我会把我自己藏起来，在那广阔而四方耸立着丘陵与沟壑的豫南农村，我会把我藏在某一个田沟里，某一片茂盛的麦田或者夏日的麻林里，坐在地上静静地看着天空中的大雁、日出日落、月亮、飞鸟和流动的白云发呆，不自觉地用自己的手指在地上画自己想象中的图形，模仿着我心目中的各种斗大的汉字的形状，来表达我内心中的各种无法言说的“鼓动”。然后，情不自禁地趴在地上用自己的脸贴在一个个大字上，用自己的耳朵听地球对面的人走动、说话，通过我在地上书写的各种字的图形，我把这当成自己的游戏。一九九四年我上了小学，开始认识一些字、词和拼音，有一次我没有找到换铅笔的鸡蛋，就在父亲的抽屉里乱翻，我发现了一本父亲在煤矿里挖煤时，抄录的一些民歌和歌谣，字体肥大、笔迹笨拙，非常可爱，一行一行的，特别吸引人。从此之后，在我独处时，我就把写下来的想象中的字，逐个逐个地排列成一行一行的，把我心中的，想象的，感受到的，都倾注到那一行一行的“排列游戏”上来，直到让我内心宽裕为止。有一年暑假，我从外面放牛回到奶奶家喝水，我听到有一些人在爹爹家唱歌，便破门而入，他们都是我的亲人，比往常还要欢迎我。我当时站在门口，正对着我的是一张中堂画，画上有一个身着白衣的牧者，他身边有一条小溪，其他都是青草地和羊群。在我的记忆中，那好像是我第一次看清、并记住事物，心里也从此生起害怕的感觉。我问他们唱的是什么，他们回答说是赞美诗。说完便顺手将一本书递给我，我翻开一看，书里面都是一行一行的，跟我父亲的日记本里的，差不多，区别就是这上面的每一行上都有一些阿拉伯数字符号，我心里特别兴奋。我问他们，这就是诗？！他们说，是。我说我也能写，他们都特别高兴。这是我第一次听说——这世上有诗这个东西。从那以后，我便在我的练习本上，肆无忌惮地涂画、书写，彻底地释放心灵的自由，随着年龄的成长，由于在偏僻、封闭的农村读书有限，求知无路，更无人引领，我身上的骄傲、自尊、虚荣、谎言也在支撑着我的无知成长。我现在非常看重我少年的那些经历，因为那是我写作的根源所在，也更加坚信“如果没有诗歌，没有它的音乐，没有它深刻的智慧的话，我的生活肯定是非常可怜的”，并且我恐怕我很难深入到救赎之路上写作。

我想再说一点，我与选入《我的诗篇》这本诗选中的大多数诗人，有个共同的生活现场，那就是我们都曾经在进入巨变时期的中国工地上打过工。我是 2002 年的夏天，跑到一个工地上去打工的，在这短短的四五十天里，我目睹了令我十年都难以释怀的人间惨剧，就是我的一位工友，他那时还是提泥灰的小工，为了将来多挣点钱，有出息一点，正值拜师学习砌墙这门手艺，不慎从五楼上失足掉下来，坠在了下面刚刚垒起来的二楼上的钢筋头上，那时他不过十八九岁。我说的这个故事，就是我十年后写下的《哀歌》这首诗。在这漫长的读书、写作、思考、生活、流浪的生涯中，我也在更多、更深刻地理解写作与存在的意义。我们都知道，在我们越来越老的过程中，现实的压力也是越来越大的，但是“诗歌提供了一种抗压力，把试图吞没和消除个人的外部力量推回去。诗人以从前没有被确认的方式向世界发出声音”。那么说到这里，我想引用法国哲学家、文学家萨特的几句话，与我同时代的青年诗人、作家共勉：“根据我的看法，作家应该在谈论整个世界的同时完整地谈论他自己……作家的职责是谈论一切，就是说谈论作为客观性而言的世界，同时谈论与它相对抗的、与它处于矛盾地位的主观性。这个整体，作家应该在彻底揭露它的过程中说明它。所以他不得不谈论他自己，而事实上这也是他一直在做的事情，他做得或好或坏，完全的程度也有区别，但他一直在做。”这就够了。

2015 年 2 月 1 日初稿，鼓楼

昆鸟与公斯芬克斯

昆鸟是我的好朋友，读昆鸟的诗，总是让我体验到福柯在《规训与惩罚》中对现代灵魂与一种新的审判权力之间相互联系的历史，以及对现行的科学≠法律综合体的系谱的诊断。在这种综合体中，福柯认为惩罚权力获得了自身的基础、证明和规则，扩大了自己的效应，并且用这种综合体掩饰自己超常的独特性。福柯对他那个时代进行的诊断，也是我们这个时代的诗人共同面临的最为艰难的处境。在这种复杂交错的互相重叠的历史与时空的黑洞中，我们的神话与公斯芬克斯已难分公母，这是昆鸟给我们带来的对常识与想象的惊奇发现。

在我看到昆鸟的诗集《公斯芬克斯》之后，我觉得我们在过去六年的交往中，因为各自在诗歌道路上的探索，我们的精神与友谊在这些年的成长中突然变得澄澈起来，这是令我非常愉悦的收获。公斯芬克斯，对昆鸟来说意义非凡，在写作上他找到了通往未来之路的那块无限可能的基石，这是诗人与缪斯发生的真正意义上的诗歌关系。这个时刻的降临，意味着他所有之前的写作都会被腾空，因为诗人的创造即将在这个空间里逐渐形成。关于公斯芬克斯，作为昆鸟在文学上与自身写作的原发点保持同质关系的想象起源（我暂且这么说），因为传统不同，索罗姆在《论神格的神秘形状》中提供了一个有别于埃及文明的想象方式，他说："天使有时是男性有时是女性。因为在他向世界输送祝福时，他是男性的并被称为男性的；就像男性赐福于女性'使之受孕'那样，他也赐福于世界。但当他与世界的关系是审判关系时，'也就是说，当他在其特定的力量中自我展示为审判的时候’，他就被称为女性的。就像女性孕育胚胎一样，他也孕育审判，并因此而被称为女性的。”这是阿甘本在《瓦尔特·本雅明与神魔》一文中处理本雅明思想中的幸福与历史救赎所碰到的问题。昆鸟在《公斯芬克斯》这本诗集的《血慌》（第三辑）与《母公斯芬克斯们》（第五辑）中所做的是将那些隐藏在众生那里的神（象征天空）魔（大地上发生的现实），用他的诗歌推移至可辨的初状。我觉得这只是昆鸟的开始。

昆鸟的写作，还让我意识到拜占庭晚期的辞书《苏达》在“亚里士多德”这个词条下包含的这样一个定义：“……亚里士多德是自然的抄写员，他把他的笔浸在思想中。”这个意识源自去年的一个冬夜，我和昆鸟在鼓楼西大街喧闹的马路上进行的一次交谈。我批评他的诗写得太快了，诗歌中的很多好东西都被他滑过去了。他也欣然接受我的看法。这次重读昆鸟和他的《公斯芬克斯》，让我无比感动，今天昆鸟的诗集讨论，虽然我无法赶到现场，但是作为诗歌中的兄弟，我就用我正在思考的阿甘本的一段话来与兄弟姐妹们共勉，他说：“所有造物起源处的秘密，就是字母表中的字母，而每一个字母，都是一个指向创造的符号。就像抄写员把笔握在手中并用它来蘸取一些墨滴，在心智中描绘他想要交托给质料的形式那样，类似的行动也在更高和更低的创造领域中进行（在所有这些姿势中，抄写员的手都是移动无生命的笔的活的器官，而笔则是被当作使墨流上革纸的工具来使用的，它代表身体，有质料和形式的主体）。任何有智力的人都能理解这点，因为多说是被禁止的。”

2016年4月23日，温州

路云的《光虫》和《凉风系》

“每个日子都是刨好的木板。”这是路云的一句诗，出自他的诗集《光虫》，这句话，被路云写在《光虫》的扉页上，那时候的《光虫》还处于襁褓之中，他以此当作礼物赠送给我珍藏。不过，在我看来，这句话更像是在说一个隐身在光虫中的光明的影子，好像飞着的骑士和路云一起，在密密麻麻飞行着的那些光虫中，挣脱种种厄运和重重困境，只不过路云从他的诗歌语言入手对外压缩了进入他内心世界的几何空间。他的意志将他眼中的飞蚊症（路云在写《光虫》和《凉风系》时，检查得知患了飞蚊症，这对路云的打击如同盗走他所有书稿的小偷）通过诗歌转化成他手中的刀柄，不停地预言着终将腐烂的未来世界；神奇的是，路云在被分割与被例外的时空状态中，无意识地打开了“枯草上的白霜”。他此时正在向他的文本，他的精神，以及他的思想启动那种“死是一种绝对”（《绝对》）的“只有通过死才能进入死”（《绝对》）的高阶逻辑，这是一种既可以无穷大，又可以无穷小的米达斯之技，他面对被他“刚刚剥开的橘子”（《绝对》）的浸透，收获着写作中的自由和狂喜。“摁住我早年对英雄的沉醉，/此刻，失败，多么浩渺，安详”（《一把刀的回忆》），路云从这里继续向前挺进，在“一滴水，曾是我的故居”（《一滴水》）里，路云预言着他说出的浩荡中的那个人的精神忧郁，终究还是抵达到了他渴望“拥有（的）完整的一生”这个阿佩利斯分割点上来，这个美妙的定语已经在路云那里“感知到超越自身的自我分割”，这也让隐匿在麓山中行走的路云在进入中年旅程之时，借助他自己的语言学中的述行式的分义，进入他认领的一个转折，譬如他的诗集《凉风系》中的《凉风系》《倘使温柔的反光令你低头》《我心中的积雪未化》等，都是在2011年至2015年期间完成的，这些诗歌是他给我们带来的非常重要的文本。在我看来，这几首诗中的路云，已经成功地将行走变成了竞走，显得尤为神秘，充满奇迹和活力。

路云和我是十多年的朋友，他有时候活得像个圣徒；有时候活得像只人群脚下乱窜的仓鼠，这一点和我一样；有时候像个全身装满弹孔的战士；我非常喜欢他内心深处的痛苦，孤独与天真。正因如此，我们不管是在写作上，还是在个人的精神生活里，都可以无话不谈。在我与路云交往的这些年里，我获益颇多，我的内心也在不停地被美好的事物庇护着，这一切都要感谢荣光启对我的慷慨举荐。出于这份友谊，我将路云的《光虫》和《凉风系》这两本诗集中的部分诗篇，譬如《偷看自己》《款待》《煨罐》《两个声音》《龙凤胎》等，命名为天赋之歌，这是我在阅读中的发现，它来自戈麦对博尔赫斯的一首诗歌的杰出翻译。我们从路云的这些诗歌文本中可以发现他启动写作的真正动机，我在他的这些文本中，可以体验到他写作的动机在我的判断中至少可以与写作的起源性物质，保持同频共振，这是我要祝福路云的地方，也是上天对一个写作者的巨大恩惠。他的这些诗歌，让我想到我前不久在一本书里读到的一段文献，原文如下："因为律法上记着，亚伯拉罕有两个儿子：一个是使女生的，一个是自主之妇人生的。然而那使女所生的，是按着血气生的。那自主之妇人所生的，是凭着应许生的。这是比方，那两个妇女就是两约。一约是出于西奈山，生子为奴，乃是夏甲。这夏甲二字是指着阿拉伯的西奈山，与现在的耶路撒冷同类，因耶路撒冷和她的儿女都是为奴的。但那在上的耶路撒冷是自主的，她是我们的母。"这段话，让我停顿了很久，我是把这段话放在诗歌写作中来思考诗歌与构建诗歌的根系的。我从这个启示中，意识到诗歌在起源的上游自定生成的两大河流，你不能同时走进这两大河流之中的奥义就在于此。随后，我在那本书的旁边批注上：“我也不能说我读懂了，我只是将我理解的诗歌说出来。”然后，我放下这本书，开始排查路云诗歌中的声音，因为我知道路云对音乐非常着迷，也颇有自己的见识。路云诗歌中的声音是非常精微、复杂的，譬如《我如此浑浊》，这是路云进入中年时，写下的最为得意的第一首长诗，我记得他刚刚写下这首诗的时候，我们就这首诗展开了持久的讨论。我们在这饱满、丰盈，充满探索的诗意氛围中，很容易忽略掉的两个互相转折、腾挪、纠缠的声音：一个来自少女，一个来自母亲。在这两条经纬线上，路云眼中的任何人、任何事、任何物都变成了声音，他可以骄傲地跟任何事物任何人进行对话与搏击，并让他的发音器官得到有效的发育。他在声音中还设置了时空，这个时空包含了他所经历的乡村与城市，以及楚文化中的巫。这是路云非常高明的地方，我也希望他的努力能够让他的诗歌在美学上享受一份独有的尊严。以《凉风系》这本诗集为例，我还在路云综合处理的思想、经验与声音的能力中，发觉了路云诗歌中的主体，他诗歌中的这个主体就是他在启动文本之时，支撑他诗歌运行的支点其实是心学。复杂与精妙的是，路云诗歌中的心学是附着在“人心惟危，道心惟微；惟精惟一，允执厥中”这十六字心传中的。这是路云诗歌中最为核心的东西，他借助自己的诗歌写作，让它们互相激活他语言出自的各种器官，这是路云和他的写作充满动态与深刻的原因，而且他还在平凡的生活之中，练就了非凡的想象力。

最后，我想说的是，关于路云的《光虫》与《凉风系》，我们争论最多的是《凉风系》这本诗集的书名。我一直建议将“凉风系”中的“系”字去掉，我觉得“系”字无意而多余，不管从这个词组的哪个角度去把握它，都无法让我心悦诚服。但是路云毅然决然地将他的“凉风”命名为“凉风系”，同时作为他诗集的名字。我到现在都不大明白“凉风”和“系”组合起来是什么意思，虽然他跟我讲了很多很多他的思想，但是我仍然不太明白它的内涵。或许它暗藏着路云思想深处的那不可言说的另一个歌吟者吧？对于路云本人来说，可能是因为“每个现时都是一种特定的可知的现时（Jedes Jetzt ist das Jetzt einer bestimmten Erkennbarkeit），其中真理和时间一起被推向其极限。‘正是在这爆炸点上的张力（intentio）消亡了，同时诞生了本真的历史时间，真理的时间。’并不是对过去的认识指引着对现在的认识，也不是反过来；而是说，在意象内，已有的东西一瞬间和现时结合在一起，构成一个整体——意象便是这样的东西。换言之：意象是停止的辩证法。因为尽管现在对过去的关系是纯粹时间性的，但过去已有的东西对现时的关系则是辩证的：其性质并非是时间的，而是意象的（bildlich）。只有辨证的意象才是真正历史的——而非过时的——意象。得到解读的意象——也就是在其可辨认的现时中的意象——把充满危机的关键时刻之印记凸显到极致，一切解读都建立在这个基础上”（Benjamin 1999a,463）。我现在能说的就这么多，说得太多容易对正在完善中的“自我”生成裂隙与侵犯。谢谢大家。

2017年5月11日，望京

读《命运与改造》的一点心得

诗句中的黑暗不仅仅是“贫瘠”，也是头上统治我们的乌云。这是一种需要直面的困境，也是照耀的阳光中隐藏的恐惧。它们一次又一次地纠缠着我们的生活与思考，如同黑夜里潜伏起来的人影。某些特别的时刻，生活与思考会并行于同一维度之中，这是一个静谧的环境；这个时刻，我认为是“内室”[①]里哭祈的生灵，得见了久久沉默的神恩。

建春兄早有诗云，“我站在巨大的水泡内，/像一条鱼游在水底”（《命运与改造》）。用人的经验与感受来说，人在那个时间点上经验到了一种从未经验的未知之物（水底中不被认识的物质）。“他”与人的经验、时间、感受、空间等脱离“相遇”的轨道之时，人们的心智得以有一点提升，进入一点光亮。这是心智留给记忆、思想、语言的痕迹。但裂痕的制造者，对自我意识的侵占，也激起了另一种与之对弈的力量。

当一次，又一次的抵制，在对我们进行侵袭的时候，痕迹便在心智的敏感地带活跃起来，不停地向我们的记忆、思想、语言、信仰提供大量的符号。“真理不动，内心变幻莫测呵，无非都是情绪。”（《命运与改造》）人的情绪在这里参与了写作者自省的活动，“我是错误，是羞耻，枉到了世间一场”（《命运与改造》）。然而作为诗人，其一生要面对的问题之一就是被现实隔离出局同时深入现实之中的两极悖论。极端里自发地滋生出写作的抱负，在这里我们

---

①《玛》6章6节。

需要警醒的是极端诞生了艺术，而不是创作本身。

犹如，“贫乏是一回事，智慧也是同一的智慧”（《命运与改造》）一般。在这些（符号，命名，语言）不同的价值向度构筑的维度中，它们互相巩固着、互相影响着各自独立的性格，同时也在互相干扰对方、互相打断对方的各种进程；当然，也不能否定它们彼此之间互相补给它们各自的新鲜的“茎块”[①]。它们似乎“必须在舌根的喑哑区域蔓延”[②]，当“灵魂和肉体始终无法相遇”[③]之时，它们暂时确定的栖息之地，唯有安慰与焦虑在此互相拼搏，互相拉扯，直至下一个相对稳定的栖身之处得以被发现，或者是对自我的一次重新发现。

在这一思维的流程中，生长禾苗与瓜果的土地也在培育着矛盾，当我们直面这些矛盾的时候，我们的敏锐与判断往往是无效的；因为我们所要解决与处理的是“罪到底是从判决来的，/还是从叙述来的？”这一复杂的随时变化着的追问。建春用追问的方式提出的问题，惊心动魄，他在追问中通过语言与情绪给我们的回答隐藏在诗歌背后。在与文学摔跤的艰难过程中，我相信他已经得到了真理的眷顾与回应。

我们没有准备好时间，来读一首好诗。对此时突如其来的障碍，我们没有准备好进行反击。就在顷刻之间，我们被自己面对的矛盾和自身的矛盾不断地包围起来，这时候所有思想者的无奈具有的唯一价值，就是他们在这个状态中，变得更加深刻。

更多的时候，诗歌在怀疑这一深刻。因为它的迷人让语言觉

---

①［法］德勒兹：《游牧思想》，陈永国译，吉林人民出版社，2003年。

② 李浩：《舌根》，载自《中国诗歌评论》复出号2012年2月。

③ 李浩：《风暴》，上海三联书店，2014年，第124页。

得，它总是跟虚无在建立某一种秘密的关系。诱惑建设诗歌的视线（重心），偏离生命的起点[①]这一根基。因着“现在不再是我生活”[②]的缘故，我们的工作与写作得以继续。

2011年5月31日

① [德] 雨果·拉内和卡尔·拉内：《默观祈祷》，林澜译，天主教上海教区光启社，2005 年 11 月。

② 《迦》2 章 20 节。

诗集《风暴》自序

你对你的工作（写作）得反复检验。这是自我的习惯，这个习惯是一种疾病，自我的疾病。我通常把这种疾病，看作是天对生命的奖赏。接受这个奖赏，就意味着诗人绝对不能再接受任何细微的败笔存在于他的作品里。就这样诗人在不断地靠近他所追求的，贴近他心灵的诗眼（泉眼）。诗人必须这样做，这是对奖赏的感恩。所以那个失去魂魄的人，在这个黑暗而紧闭的角落，反复地朗读、心读、默想-——他写下来的诗，或者诗句，或者词。有时候，他会把脑袋紧贴着冰冷的墙壁、闭上眼睛，用牙齿咀嚼着诗中的某一句话，念来念去，不断地打磨那一句话，或者某一个汉字。当然，这是诗人在那整首诗的整体状态之中与他之外的世界，进行的一场复杂而封闭的对话。诗歌的完成，也就证明了诗人与诗相遇神灵的结果。

我喜欢把这个结果比喻成时间与大地孕育的花朵，在这朵鲜花即将开放的那个特殊的时刻，在这种迷离的精神状态中漫游的诗人，是将“死亡变为胜利的”普罗米修斯。除此之外，诗人的嘴巴里，总是念叨着什么，寻觅着什么，这是针对诗歌进入其他场域与自身的各种矛盾，各种“威胁”，各种“争战”的最终“相遇”。这种秘密的“言辞”或曰“错乱的神经活动”像电流一样，慢慢地结合在诗人写下的诗篇里。诗人不曾得知，那个时候他究竟问了自己什么，对自己做过什么。这来自各处的力，互相作用在诗人身上，最终促使了一朵花的完整盛开。如同俄尔甫斯，这同时是对“折磨”与“痛苦”的穿越。一旦那个时刻离开了诗人，花朵的开放，如同安静下来的暴力，自然完成；而那种折磨（即生命的磨难过程），以及令诗人内心痛苦的原由与本质，此时，诗人是毫无所知的。其实，诗人也根本不想知道。这并不是在宣判诗人就此拒绝了——对自我的和世界的洞察，聆听，还有与神的静静交往。

人为什么渴望知道得更多？我有时候问自己。可是，我不知道怎么回答。对我来说，我只能把那引导我认识事物和体验时间的可靠的感觉，和那些事物与时间赠送给我的真实的经验保留下来，珍藏在我的生命里。我不是在依靠它们。在生活下，那些无数的事件与它们相互检验之后，它们让我懂得了相信，相信它们不会出卖自我。渐渐地，我把保留下来的感觉与经验，自然地转化进了诗歌里。可是，那些可靠的感觉和准确的经验，我相信了它们，它们就会真的永远守护我们，并继续生长下去吗？“背叛”和“谎言”，在一个绝对相信的环境中，出现了。这时，我们又重新回过头来，走到那座坍塌的城堡面前，将那尚未损坏的良木和基石保存下来，继承下去。我也开始了自己的劳作，使命让我对此前进行了一场决定命运的选择。

将那些毁弃之物一一丢弃，这是责任吗？我们必须做出这样的残酷选择。在继承与丢弃的心理过程与遴选的方法里，我深深地体会到了爱的内涵。丢弃是对爱的再次体会与理解，也是宣告我们掌握了新的信任。那么筛选呢？它是对一个人智力的真正考验。这是外界对我们的要求，我们必须接受。当你从愚蠢的人生的泥潭里爬到陆地上来重获阳光时，你便通过了命中注定的要求。当这段生命历程通过了它所接受的要求，并且获得了完成之后；唯有追随真理的人，得到了智慧的提升，褒奖与爱护，你也更进一步地靠近了真理和智慧。此时，我们应当为自己的，那个“从上头来”的开始，满怀欣喜地劳作与感恩。

2010年11月10日

诗歌写作及其他

——富春江诗会发言稿

从诗歌写作的经验角度来看，当代中国诗歌中的道德困境这一话题，我觉得对于以写作为职业的人来说，与其创作的内驱力没有必然的超越自明与生发性。

诗在诗人长期的苦难与煎熬中所获得的对命运感的深刻经验，以及那些长期处在“人性无法克服的软弱基石上的悲悯”的写作者，我以为植根于这种生命状态之中的诗人，并不是在与大众意义上的道德公约，以“合谋”的姿态愚弄大众。而诗歌自身被附着的道德肖像，也不是一些平庸之辈一厢情愿的无礼阐释。大家要明白道德问题，并不是诗歌本身的主要任务。

只是诗歌自身在与人的普通情感和内心世界发生互启（互相启动）的过程中，那些奇妙的情愫、意识、理性等经验，会给读诗、写诗的人，带来源源不断的、更加广阔的道德认识和价值判断，这对普通读者来说，不是那么容易发现与觉察得到的。这也是新诗自曲折的道路上，获得的可喜的成绩。不仅如此，更重要的是在这种进程的环境中，诗歌还在以它独有的才赋和语言使命，激发我们发现道德，甚至在时代的荒谬中参与创造着道德的新模式。

不过，在今天这样一个追求经济利益可以随意戕害他人生命的社会环境中，譬如毒牛奶、康泰疫苗、瘦肉精、地沟油等，在诗歌这个艺术领域中，提出道德困境这一问题，是有它的意义与价值的。意义在于多了一些有知识有文化的人在关心我们的社会问题，而不是因为有了诗人的关心，这个社会问题就会立马消失。价值在于我们又多了一个窗口，呼吁我们这个社会的正能量（良心、爱心、正义心、公德等），诗人、诗歌能做的，也就是这些。

中国新诗进入新世纪以来，随着各种社会问题的日益恶变，人们通过新媒体的渠道所传播的诗歌与诗人形象，成了娱乐至死的时代所娱乐的对象，面对文学形象的贬值与恶搞，这的确引起了很多人的关注与批评。毫无疑问，这种现象在大众媒体、情绪渲染和意识形态的互相搅合中，对公众头脑中美好想象的诗歌与诗人形象，构成了威胁与心理上的抵触，甚至使其成了众人的道德感所谴责的对象。这些问题，给热爱诗歌的人、诗歌的传播和处在诗歌写作初期阶段的诗人，带来了心理与情感上的焦虑与困惑。我觉得这完全没必要，我曾记得荷尔德林在给兄弟的一封信中描绘了一幅怪诞而具有启示意义的图像："我也以所有良善的愿望，以我的行为和思想紧随着这个世界上独一无二的人，就在我言行的东西中，自己也常常变得更加笨拙和更无韵味，因为我，就如这群平脚鹅一样，站在现代的水中，没有能力飞上希腊的天空。"很多卓越的诗人确实创作出了流传千古的诗文，譬如司马相如、屈原、李白、杜甫、莎士比亚、但丁、弥尔顿等，他们的诗文使得他们成为了不朽的精神形象和高不可攀的"文明人物"，但是诗人并不是道德家、圣人、社会公德良心的裁判者，他们的命运与天性不是要成为人们心目中规划与渴望的某某形象，重要的是他们在以诗文的形式批评与记录着他们自己时代的真相与感知到的未知世界，在以他们创造出的艺术之美，给人们的审美与丰富的情感世界提供着相互纠正的可能。那么，关于他们在他们的时代中留下的那些趣闻、不幸遭遇和遗风韵事，有的成了人间美谈，有的成了后人励志的座右铭，有的同样成了茶余饭后的谈资。我认为不要随意地将诗人扩大，也不要随意地将诗人鄙夷，要以平衡、客观、立体、谨慎的态度来看待社会上的一些被贴上某某标签的诗歌景象，我相信，除了诗人、文人之外，生活在其他领域的人，同样在以他们自己的方式关心着所谓道德、伦理之类的正常秩序。

自写诗以来，我一直关注的是诗歌本身的问题，用伽达默尔的话说，“诗的语词就是语词本身，并且语词就是神性本身的作用和对神性的经验，就如对语词的表达和‘分布’”。简单来说，就是进入诗歌本身之中，凭借自己的创造力、经验、感受、耐力、认知去创作那无法复制的诗歌文本，就是如何将诗歌写得更好，在写作中如何超越“自我”和自我的这个写作上的阶段，如何在语言中有更多的独到发明、更多的创新，如何进一步更新自己的语言和写作习惯免于掉进自我的狭隘的巢窠之中，要知道诗人的工作最终还是要回到他们创造的文本，这是证明他们的写作成立与否的唯一说明，也是对一个写作者来说最为致命的东西。

我和我的朋友们，跟其他人一样，生活在社会上的不同角落，而我们能够清醒地意识到，并且一直处在远离诗坛、诗人与诗歌权力斗争的热闹圈子写我们自己的诗，写我们自己满意的诗，不与时下的流弊苟合。我觉得处于这样的状态读书、写作很好，最起码符合我们的生活方式与内心强盛的生长向度。当然，我们也观察我们所生活的这个社会，身边发生的事情，也彼此交流这些问题，也在感受与体验着今天的社会日新月异的诡辩，给一些人带来的分裂之痛与冲击。我要强调的是诗人不是救世主，诗歌更不能补偿我们生活里面的缺失与遗憾，至少，我们可以从诗歌和诗人的命运所呈现的荒诞景观中，证实人类社会缺少诗歌——是黑暗的。

2014年3月21日

关于“桥与门”

——首届北京青年诗会小记

诗人的职责，就是穷尽他一生的精力和才能去写作，我一直这么认为，也是这么自我激励和实践的。正是因为这个志向，和这个志向背后联动着的天机，让我和张光昕、苏丰雷、江汀、张杭、戴潍娜等好友，汇集于2014年的北京。大家从各自不同的经纬上相遇在经纬相交的那个点上，那个点是一个自由来往的文学空间，这是发生在写作内部的，也是偶然事件，因为我们的彼此认识，到成为朋友，是在阅读彼此的诗歌文本中建立起来的友谊。正因如此，以“桥与门”为主题的首届北京青年诗会才有可能举办。首届诗会，源于好友苏丰雷在一家地产公司上班时的机缘。那个早晨我记得非常清楚，我刚到单位（那时我在中国诗歌学会工作），放下书包，不一会儿，就接到丰雷的电话，他在电话里带着严谨与冒着沉思热气的话语，和我聊诗歌活动的事。我听完他的想法之后，就建议他私下跟陈家坪、张光昕也沟通沟通，听听他们的想法，我找个时间也跟他们在电话里聊聊这事。对写作之外的事情，对我来说，只要不违背自己的写作初心和理想，我是完全开放的，包容的，直到现在我都是如此。快到中午下班吃饭的时候，我就给陈家坪打电话开始聊丰雷提到的诗歌活动的这个事，经过一番思想的交流之后，在家坪兄那里我们互相获得了一种青年的天真与共识，后来我们就开始私下张罗这个诗歌活动了。

在经过一段时间的磨合和争论之后，我们决定邀请张光昕、江汀、张杭三位好朋友也参与进来，再加上陈家坪、苏琦（现在改名为苏丰雷）和我共六位诗人和学者，作为首届北京青年诗会的发起人。我们开始分配工作，分头为诗会做筹备，家坪立即着手对发起人和被邀请参与朗诵的诗人、翻译家、学者进行逐个的访谈，制订访谈的计划；丰雷主要负责校对朗诵会的诗稿、排版，以及印制诗歌朗诵时用的册子；昆鸟作为我们的友情后援，主要是帮助设计诗会的海报；光昕和江汀主要负责诗会主题的征集与讨论，并撰写阐发诗会主题的文稿等；张杭负责媒体联络，我主要负责邀请参与诗会的诗人，以及向参与诗歌朗诵的诗人约稿。大家用自己工作之余的休息时间，按照事务的时间性和工作量，既分头做自己负责的事，又互相协调各自碰到的一些问题。那时，我们争论最多的是“北京青年诗会”这个名字。因为参与这个活动的诗人和诗歌批评家，都是意外和自发形成的，也是这些青年诗人内在精神互相呼应的结果。当时，我们非常担心“北京青年诗会”这样一个命名，会被朋友们误解成一个所谓组织之类的东西，大家为这个命名在微信群里，争论得非常激烈。不过，我对这个命名没有太多想法，大家的争论，各有道理，我觉得“北京青年诗会”这个叫法，也非常贴切；其实我当时想的是，居住在北京各个角落的年轻诗人，能够偶尔聚在一起，谈谈诗歌，读读彼此的诗歌，聊聊写作和阅读，甚至嚎叫、痛哭、大醉一场，在北京这个远离故乡与亲情的城市，是非常美好的事。因为是诗歌，将我们聚集在我们共有的语言、情感、经验、想象、生命、思辨、内在精神、地理区域的基础面上来的，我们在这条激荡的河流里彼此神伤、互相照亮、彼此分享着心灵里的星空。

首届北京青年诗会在这六位诗人以及青年批评家的努力推动下，顺利进行着。我们没有想到的是，这次诗会在京冀相接的香河，竟有七十多位“同时而不同代”的优秀诗人，从居住在北京的不同地方赶来。这么多诗人的相聚，在我的感觉上，似乎有种匿名性。从诗人朗诵的诗歌到以“桥与门”为主题的诗歌讨论中，他们那驳杂与丰富的语言经验（“因为语言就是文明的载体”）与他们自身所蕴藏的思想能量，带着某种值得期待的新诗气象，这种气象以个体的方式正在对当代新诗的传统进行着猛烈的冲击与刷新，也在逐渐形成一种新的诗歌标准。在这样的契机下，首届诗会的六位发起人，还有在场的其他几位诗人，在中央民大校门口附近举行的会后总结餐聚上，对诗会的发起人进行了扩容与调整，由我提议，邀请诗人、青年批评家、译者王东东，戴潍娜、昆鸟，一起参与下届诗会的发起，说罢，大家一致认同。我们从个人的写作和私交中，走向了对集体命运的发掘与反思。我想这也是北京青年诗会到目前为止，在社会各界朋友那里，引发关注与反应的原因。

那么，我们回到首届诗会的主题上来，首届北京青年诗会的主题是以“桥与门”命名的，这个命名来自张光昕博士的发明。桥与门，在中国当代的文化语境与社会进程中象征着传统与现代文明的互相渗透和融合。门，是中国传统文化中的文明符号；桥，恰恰是现代城市文明的通道。在这两种文明的互相排斥与融合中，桥与门的存在方式，和它们自身附着的文化张力，带给我的第一反应是生命本体的自由度和开放的空间里散发着的无限可能。这让我想起前不久，作家余华与克莱齐奥的一场对话，克莱齐奥说：“写作就像一座桥，可以连接万万年，连接万万人。”我以为，“桥与门”作为首届诗会的主题，其可辨识的价值，在于它向我们隐秘地暗示着那种朝向未来的写作之门与面对总体“修正自身的一种内在动力”。

2015年12月11日，鼓楼

附　录

天通苑：会饮篇

——李浩诗集《风暴》研讨会

时间：2014 年 11 月 27 日
地点：北京市昌平区天通苑
主办：北京青年诗会

主持人：陈家坪
与会者：阿西、秦晓宇、回地、王炜、王东东、张光昕、艾蕾尔、刘奎、苏琦（苏丰雷）、江汀、张杭、陈迟恩、王辰龙、万冲、唷篱、邱岩、沥青、李浩

一、写作简历

陈家坪（主持人）：我想以“写作简历”作为李浩诗集《风暴》研讨会的一个切入话题。为什么要谈“写作简历”呢？因为要认识一个作者，当做到“知人论世”。我们应该了解作者作为一个真实的人的实际存在，这个存在的真实背景是什么。这让我们对李浩的诗歌发表看法时心里有底。

研讨会之前，我收到阿西、黎衡、苏琦、戴潍娜、回地、昆鸟、张光昕、王辰龙寄来的发言稿，其中黎衡、戴潍娜、昆鸟因为特殊原因今天不能到场，我将以适当的方式代为转述他们的观点。

黎衡是李浩在武汉大学读书期间的好友，他对李浩有一个切身的体会。他说，2005 年，李浩 21 岁。那时的李浩，充满了写作、事业和爱情的自信，似石猴腾空蹈日，又颇有五四时期郭沫若式的诗人掌控一切的“气焰”。面对今日李浩的幽僻、深沉、痛彻、闲

定，感觉他就像一个从闹市跑到了旷野的人。对李浩的写作，黎衡的划分是这样的：2005—2008 年，李浩大致处于诗歌写作的学徒期，写作风格和语言状态并不稳定，显露了才华，有时候在修辞上和经验材料选取上表现出任性；李浩在 2008 年、2009 年逐渐发展，2010 年、2011 年间成熟、深化的诗写方式，将基督信仰中的灵修、异象、祷告的精神经验（区别于世俗经验）专注地、确凿地、精微地付诸写作的持续掘进。

而阿西认为，1984 年出生的青年诗人李浩走着一条与同辈诗人几乎完全不同的迷途之途，他甚至连大学都不情愿读完而去选择“按自己的心愿生活”——个人化的读书写作。李浩的老家靠近安徽、湖北，属于河南某县，那里直到二十世纪九十年代后期仍无法摆脱贫困。举凡有大磨难的人，通常会不拘小节，不拘泥于文字游戏所带来的快感和神秘感。因此，李浩胸中有一大块石头压着，正在形成风暴。李浩喜欢丹麦哲人的一句话：“我的墓碑上只需刻上四个字，那个个人。”他将自己的写作向更深的孤独靠近，向绝对靠近。他以个人为信念，以使徒的存在感去忍受一切。他喜欢沉潜在“那个个人”的世界里，做一个神秘的黑衣人。

苏琦补充评述：2008 年这一年发生了几件大事，一件事是汶川大地震，李浩的身心被强烈地震撼了，以至于他选择放弃毕业论文写作，而亲身去往灾区救灾扶困。这之后，他受洗信仰了天主教。

因此，回地说：一个童年和少年时代成长于河南省——这中原大地、“中央之国”——文明内核已然荒败——的诗人，其诗歌语言背景中的阴郁、黑暗、荒凉、灾变，类似政治哲人霍布斯“丛林法则”下的写作，如何与天主教信仰发生垂直向度上的格杀、征战、融会，将怎样发生一种诗歌与终极事物的关切？

昆鸟的看法最为直接，他说李浩是一个力量型的诗人，一个追求精神的高度和强度的诗人。

张杭：就“写作简历”这个话题而言，我觉得李浩在 2007 年前后有一段时间，好像经历了一个写作上的插曲，与他之前和之后是不一样的，之前和之后的诗都非常清晰。但是2007年有一段时间，他在做一种语言实验，后来似乎基本放弃了，但这些实验的痕迹却遗存在后来的诗歌里。我是在2008年下半年才上豆瓣接触到一些同代人的诗，当时认识的像黄圣、AT，都是特别重视语言的人，大家可以看一下AT的一篇文章《对于诗的想法一种》，他就特别主张一种仅凭语言自身获得生命力的方式。但是从李浩的创作来看，我觉得他是不适合那样写作的人，我感觉那只是他的一段经历，我就提这么一个想法，我不知道李浩自己怎么看。我看他那首长诗《消解之梯》，我是想批判的，但我看到那首诗创作的年份是2007年，我就觉得我不要说了，因为他后面的写作改变了我要批评的东西。

苏琦：我接着刚才张杭的话说。李浩的语言，开始时是非常自然的状态，然后是各种阅读和思考的影响，尤其是天主教的影响，这些因素叠加进了他原本自然状态的诗歌语言。比如诗集《风暴》第一辑中的《引入记忆》这首诗，之前发给我的PDF版，这首诗最后一行是"燃烧的汗"，后来正式版改成了"燃烧的竹签"。这显然是为了创造震惊或陌生化的效果。他这种做法是出于智力方面的考虑，是为了创造更有陌生感的诗歌，而告别了原本的质朴与自然。可以说，他是自觉地将传统经典的"互文性"、形式主义的"陌生化"，叠加到原本"自然"的文本上。所以，他的诗歌在宗教上的维度，从写作的发生学上来看，似乎也是如此处理的。

秦晓宇：我跟李浩打交道并不是太多，但是我对这个人很有兴趣，家坪说到知人论世，诗歌跟小说不太一样，诗歌背后，真的会矗立着一个人的精神形象，而不仅仅是一个叙述者。伟大的诗歌往往指向完善的人格，这种圣徒性似乎要消除一般意义上的个性，所以艾略特针对浪漫主义诗人会说"诗是逃避个性"。然而中国古代有两个最被大家敬仰的诗人，最不"怪力乱神"的诗人，一个是陶潜，另一个是杜甫，他们的诗被尊称为陶诗和杜诗，这是再无第三个诗人享有的殊荣。杜甫被人们尊为诗圣，人格很伟大，而且他的写作深情厚貌包容人情世故，但是他却认为自己是“为人性僻耽佳句”，一个“僻”字说明他实际上有非常另类甚至怪癖的一面。还有陶渊明，他以身体力行的农业实践与乡间生活，开创了田园诗传统，但他也说自己“少年壮且厉，抚剑独行游”。这“厉”的一面，也是一种强烈个性的表现。所以说这两个诗人，在中国，在儒家传统中，你说中庸也好，或者趋于君子、圣人，文质彬彬等等，被认为拥有比较完善的人格。但是，其实他们都很有个性。再说回李浩，我觉得他也是一个很有个性的诗人。他有了天主教的信仰之后，他的诗歌中我看到一些和很多“80 后”诗人不太一样的因素，一种“逃避个性”的能力，他最好的一些作品，比如《还乡》恰恰是在“逃避个性”和保持个性中达到了很微妙的平衡。比较而言他的一些布道诗、宣喻诗、赞美诗，我倒不觉得特别好，这些诗符合经典的教义，只是换了言辞。

我觉得李浩的“那个个人”意识特别好，我看了很多有宗教背景的诗人，往往最后他真的就是一种反个性化的诗学了。没有个性就没有自家面目，但如果不在某种意义上反对个性，诗容易小气，很难具有某种伟大的境界。我觉得李浩的优点是在个性化诗学的辩证法中，在个性与反个性的动态结构中，去构建和升华自我。既不像很多年轻人那种牛鬼神蛇似地张扬个性，也没有因宗教信仰而泯灭个性，而是变得更加宽广。千万不要成为一个纯然的宗教徒诗人，诗一到那个份上，可能就只是布道诗，像某种宗教理念的传声筒。我们列举克尔凯郭尔就很好，他是在一个悖论当中，追问当中，对话当中，他还不是一种全然的、无条件地把自己托付给上帝的一个状态，好像一切重大问题都因此解决掉了。那还写什么诗呢？

二、如何理解基础面

——以《还乡》为例

王炜：我主要谈李浩的长诗《还乡》，此前他发给我PDF文件时，叮嘱我着重看这首长诗，但没有收入《风暴》里。我的思维会较为发散，但不会太跑题。一周前，我看了一场戏（张杭也在），留比莫夫改编自陀思妥耶夫斯基的《群魔》。喜欢反文学的戏剧美学、或者认为戏剧是由身体性来构造能量空间的人，可能会不喜欢这出由传统的台词结构来完成的戏剧。在《群魔》里，与密谋者的魔性相反的不是神性，而是冷漠的虚无主义者。这位虚无主义者，对其他社会成员的民间捐赠行为和公共服务工作提出非常尖刻的质疑。**在近年，也许我们都会注意到，公共服务的困境，又成为敏感的艺术家和写作者所关注的主题。**

在刚刚开始传播的土耳其电影《冬眠》中，导演锡兰也以自己的方式重述了这个主题。电影的主人公，是一对有文化的夫妇，男的是个学者，女的是个NGO工作者，在那里，卡帕多其亚的一个乡村，和中国南方的一些公益工作者一样，他们在一个风景区建立客栈，同时做乡村小学的建设和募捐工作。通过这对夫妇的婚姻危机，导演以自己的方式，非常含蓄而且用适合当代趣味的美观影像复述了这个主题：**如何理解基础面，以及在基础面中实践公共服务的困境。**信仰也是这部电影的一个轴心问题。他们的对立面，并不是世故的社会工作者们，而是自然力，是他们服务的基础面和服务对象，是一个酒鬼。女主角捐赠给酒鬼的家庭一大笔钱，但是，酒鬼把这笔钱扔进壁炉里烧掉，说“你的高尚，我不能接受”。后来我在去杭州的列车上一直在想，这个酒鬼意味着什么。我想，他意味着一种打断，对我们习惯的情感和行为的打断。

在中国的当代现实里也有一些对应的例子。过去，我的一个在贵州工作的朋友，陪同一群NGO扶贫工作者，到一个穷困的山村家庭去。男主人一定要这些外来者去他家做客吃饭，但他家是很穷的，这么多人去他家吃饭，其实是一件不合适的事情。但这个男主人很坚持，并且说："你们不去我家吃饭，我在村里就没有面子。"然后他们就去，去了他们家，什么都没得吃，只有鸡。因为村委会发放了一些小鸡仔，给这些家庭喂养，作为一种扶贫项目。"一个女人在黑暗中剁鸡"，我的朋友描述她的第一印象。男主人公一连宰杀了四只鸡，来招待他们。这些外来工作者感到承担不起这四只鸡的压力，于是，买了一台电视送给他。**这是《冬眠》里那个酒鬼的反面：酒鬼是一次"打断"，这四只鸡的压力，是一种有点狡猾的关系延续（而非打断）**。这里可以涉及一个概念——可能大家也知道——学者詹姆斯·斯科特所命名的"弱者的武器"。

这些人，构成现实的基础面，他们是一些受过伤害的现实主义者，**这些人，今天，就是我们身边处处可见的人，就是我们的人民，就是我们的自然力**。我们要如何与之相处？

在我有限的视野中，仍然只有较为早期的文学具体地回应过这些问题。我希望大家关注戏剧（《冬眠》的男主人公也是一位戏剧学家），因为这是一种起源性的，用萨义德的话说，是一种具有开端精神的艺术形式，也是成人教育的传统形式。因为，其实成人更需要教育，这也是福柯、沃格林这些政治思想史学者像古希腊人一样看到的东西。也是戈达尔、锡兰这样的电影艺术家看到的。在电影《爱之颂》里，戈达尔通过演员说出，**我们从青春期直接进入老年，没有成人状态，成人是不存在的**。前段时间我在读一个作家，阿尔瓦罗·穆蒂斯，一位名叫让·路易斯·艾哲的评论家分析穆蒂斯的短篇小说《最后的面容》时说："他把'解放者'看作一个敏锐的人，可是很不幸，事实上他并不是这样；还把他看作一个政治圈内的强人，然而事实上却表现得像个被惯坏的孩子；最后，还把他当作一个众人的领导者，赋予了他事实上从未有过的成熟，而且是在一个从来就没有过成熟的大陆上。"戏剧的一种传统能力，是能帮助我们建立成人状态。

回到酒鬼，我认为这个人物意味深长，他把钱烧掉的行为，肯定是这部电影真正的高潮。我们都记得艾略特的教诲，诗人要对自己进行“非个性化处理”，要建立“客观对应物”。但是老派人文主义者艾略特的“客观对应物”依然是很理想化的。**酒鬼告诉我们，“客观对应物”有多么不符合预期，有多么违反人性的、太人性的逻辑。如果说，酒鬼是我们的“客观对应物”的真相，那么，可以把我们的语言也理解为一种捐赠、馈赠，因此，我们面对的是一个被打断的时刻。酒鬼打断了我们——这就是我们的起源。我们被酒鬼打断的时候恰好就是我们的起源，是一个“在无物生长的地方生长”的时刻。**我接触过几个在东莞拍摄关于富士康的纪录片的欧洲人，他们说，那些中国年轻人到富士康来，他们的问题，是不知道他们的“权利”。这是一种启蒙逻辑，就是说，你不知道我告知你，你知道了，也许就能解决你的问题。但是，我想，这些来介入他人状况的外来工作者，也许更需要“在无物生长的地方”看到生长，需要去看看那些中国年轻人出发的地方，而这，是一个需要陪护的时刻。**对于我们这些语言上的、或者物质上的遭遇打断的捐助者，**导演锡兰给我们一个温和的定义，认为这是一次冬眠。

请大家原谅，我即将讲到李浩的《还乡》。

在《冬眠》中，女人用哭泣——女人的传统方式——面对这种打断，酒鬼的打断让她感到无所适从，几乎使她在这个村庄里长期建立的道德、责任和生活意义的秩序全盘崩溃，被酒鬼终结了。而那个男主角，她的丈夫——那个犹疑多思的知识分子——根本就从不和酒鬼打照面。女人的哭泣是很美丽的，但是她的哭泣，并不是她的服务对象的哭泣。

在李浩的长诗《还乡》里，我始终听到一种声音，一种南方的、女性的哭嚎声，这种哭嚎和《冬眠》里女人美丽的哭泣是不同的，**是她的服务对象的哭泣，跟酒鬼的行为可以媲美。**我想起南方民间丧葬服务团体的那种表演性的哭嚎，那是一种更真实的、具有历史内容的哭泣。所以，我非常惊讶李浩在《还乡》中，提供给我们的民间基础面的形象，和民间基础面的轰鸣之声的连续性，还有乡村法庭的、戏文的、家书的、独白的，各种语言形式的轰鸣，像一个被打碎的容器。

“还乡”肯定是个母题。比如鲁尔福、哈代和荷尔德林的作品。但这里做比较文学的事情意义不大。我希望，我们把“还乡”的返回，理解为布尔迪厄所称的“返工”，**这种返回，不仅是返回到一些不符合我们预期的现实地区，对于写作者，也是返回到一个如上所述的语言系统中，是一种“同工”，而不仅仅是“同感”。**

朗西埃在《哲学家和他的穷人们》中，再一次重构了一个母题：思想家（以及写作者）与其对象的关系。而这些对象来自不平等的城邦的下层——同时，这也是思想家（以及写作者）与“人民”的关系。

我还想提到一个地缘政治作家罗伯特·卡普兰，因为他在一篇关于果戈理的短文里，阐述了他对自然力和基础面的看法，认为对多民族和少数民族地区——这些地区经常是地缘政治方面的重要事发地区，也是早期地理大发现和殖民竞争时代的角斗场，这种历史的遗留一直影响着今天这些地区的命运，包括中国的一些地区。**但是我们好像忘记了，这些地区的自然力——詹姆斯·斯科特命名为“不被统治的艺术”，我的一个在大凉山做彝族项目的人类学朋友称之为“不需要国家的人”——一直存在着。**我的有限视野里，只有早期俄罗斯作家对其作出过深刻的表现，比如普希金和莱蒙托夫对内亚山地民族和政府军之间的冲突的表现，以及果戈理在《塔尔斯·布拉巴》中的史诗艺术。**如何对待以地理学（地缘政治学）形式复归的自然力，以及如何对待被外来干预者形成的知识传统，这些因素对我们的精神生活产生的塑造是什么？提出了什么样的问题？对于我们的能力、处境，它们的意义是什么？这些，是我希望大家注意的。**

这样一些人，依赖“不被统治的艺术”的人，“不需要国家的人”，成为城邦中的不平等秩序的起源（允许等级存在）之后，成为萨特式的哲学家边界的卫兵（穷人或工农式思想的卫兵）之后，**再一次成为我们的写作和思想的对象，一种打断我们，发出呜咽哄**

闹的破碎之声的对象，一种说着“要记住”这句嘱咐的鬼魂。面对它们，也是一种思想的“还乡”——返回到自然力与那个酒鬼式的“客观对应物”面前。

另一个关于乡村自然基础面的文本，克莱斯特的《破瓮记》中，人们面对的基础面，布满别西卜的脚印。接下来我要讲的一小段内容，也来自我的文论集《近代作者》中关于克莱斯特的部分——

《破瓮记》中哄闹的、对峙性的粗线条所构成的生命画面，与《还乡》的结构相似。《破瓮记》是一出关于破罐子破摔的“正典”文化的不可恢复，也是关于平民生命力的“喜剧”，它剧烈，也是一次刻意的扭曲。在《还乡》里没有扭曲，《还乡》里的对峙性的粗线条非常自然，这是一个不一样的地方。《破瓮记》也是一首关于审讯的诗，《还乡》里也有关于审讯、审判的内容，也有关于生育的内容。在《破瓮记》里，一个官员兼“半吊子”文化人半夜企图性侵未遂，却在过程中打破了一只可疑的文物罐子，破罐子成为大众控告的证据。在假模假式的审问过程中，主持法庭的审问者（正是作案者本人）在民众受审者不着边际的充沛精力面前泄了气，完全被拖垮了。

在《破瓮记》中，当事人对逃跑者脚印的多种多样，也是粗笨地描述，拖延了本来简单而且荒唐的案情侦查。粗笨的描述，起到的作用是拖延。我认为，《还乡》的语言也有一种粗笨感，这首长诗的篇幅，因为粗笨的语言描述而拖延。

《破瓮记》中，只要有一个人描述物体或事情的样子，立即就有另一个纠正说像别的，案情调查者的痕迹学考察遭到挫败。人们不断纠正雪地上脚印的模样，有人说，是猪的脚印，有人说是马的，有人说是不正常的人的，各种各样的申述最后达成共识：这是别西卜的脚印。

魔鬼的足迹，就这样穿行在吵吵嚷嚷的纠正与反驳中。随着审查进展，越来越多也越来越明白无误的痕迹，使这桩不伦不类的民事诉讼案件成为一种不安的意义机器，具有民间自制机器的轰鸣声。

克莱斯特把一个古怪的文化虚无主义寓言，置放在他认为是最底层的生活基础面之中，杜撰了一次情欲事件和做作的审判。**七嘴八舌的证据，成为雪地上的脚印，也即大家所认为的魔鬼脚印。魔鬼的脚印就这样走过基础面。**《破瓮记》的结局是街头活报剧般的人民胜利，烂人被请君入瓮，以及年轻人的一桩好姻缘。《还乡》也以爱情作为结尾。

我提到这些内容，是因为在李浩的长诗《还乡》中，也充斥着同样哄闹的基础面的声音，充斥着阴暗的生育、乡村权力的暴力性，以及顽强的、情感充沛的个人独白。**这种个人独白，是刚才我所说的拖延，是一种脚印式的东西，也是一种不屈不挠的主动辨认，它构成了《冬眠》的反面——在李浩的《还乡》里，"酒鬼"可以主动表达自我，不回避女人的哀哭，面对乡村公共空间的不确定性与暴力性，以及面对"被帮助的不可能"。**

在李浩有些粗糙的、有时是一种容易形成的诗意化语言里，我看到这种非常清晰的，对于不被帮助的乡村基础面的认识，这首诗的意义，和酒鬼对于我们的意义是一样的，它并不是什么寻求"客观对应物"的努力，它是被伤害的"客观对应物"本身，是对我们的一次打断。

然后，我想提到，具有鲜明的宗教写作诉求的诗人李浩，他的这首长诗，仍然在一个当下的现实时空发生，刚才，我和李浩在门口抽烟的时候也提到这个，如果按照信仰的角度看，它的时间是现世的时间，不是一种有待救赎和永恒化的时间——我们知道，即使贝克特也抵达了这种时间。提到"时间"，是因为，我想提请大家注意李浩作为有明确宗教意图的诗人，其写作在"时间"中的立足点。奥古斯丁设计了一个"永恒的当下"，排除现实感，而人，被"永恒时间"所排除的堕落的人，通过他禁锢于某个现实时刻的理智所进行的认知，是没有任何终极重要性的，于是这样，特殊事物以及马基雅维利式的现实时间，就被认为不重要而被打发掉了——英国学者波考克称此为"令人难忘，甚至是庄严的谋略"。

我愿意把李浩诗中的时间，理解为一种艾略特在《小吉丁》中所称的“难以确定的时刻”，实际上这是我们的共同时刻，在另一行诗中，艾略特称其为“交叉时刻”。

我们都知道,《四个四重奏》的核心，也是《小吉丁》的核心部分，来自但丁。但丁依然是关于“永恒的当下”最重要的诗人。《天堂篇》里的耶路撒冷，平衡了《地狱篇》里的雅典和罗马。这种双重性非常重要，涉及轴心结构，如果在座各位以及主持人准许，我将在稍后，占用各位大人的时间，向元老院报告有关内容。

最后我想提到语言。因为之前，李浩在一次与我的交流中，非常急切地说他“不关心优异的语言”，因为他想表达的东西的强烈性，更加激励他的激情意志。我能理解他的写作意志的急切。但是，**意志不能表达出语言所表达出的东西，**这是诗人和意志论者的重要区别。也是茨维塔耶娃在《劳动英雄》这篇辛辣的散文里，通过批评勃留索夫所揭示的东西。对于诗人，意志核心化蕴藏着危险。**我们要小心写作的扩张意志是一种蒙昧主义的变体，是现世的蒙昧主义以及我们都不陌生的中国特色蒙昧主义在语言中的变体。或者说，扩张了的意志需要更优异的语言。只有优异的语言才能够不符合惯例和预期，产生与蒙昧的区别，生成为一个美学事实。而不管不顾的“直接”的诗意性可能是一种重复，一种我们所反对的东西在语言中得到延续的表现。**

不仅是让基础面说话，而且是让对立面说话，这也是通过优异的语言能够做到的。我想提请大家注意一个很重要的宗教诗人——R.S. 托马斯让对立面说话的能力，而这正是通过优异的语言做到的。**信仰的对象、要求和条件都是并不和蔼的，与之相呼应的自然力——大自然和基础面——也不是一个舒舒服服的梭罗式的田园，它是严酷的，有时让我们不舒服，有时是一种尖刻的对立面，并且随时可能向我们关闭。**所以，我们需要不断询问，保持专注和诚实，才可以对它稍作敞开。R.S. 托马斯通过一系列精确独特的比喻，通过优异的语言，**让对立面暂时与我们保持和平关系，和我们谈话。**我想，

R.S. 托马斯的写作艺术也许会对李浩，也对我们的写作实践、对我们与当代基础面对象的关系、乃至对我们的政治学，构成有用的参照。

张杭：我接着王炜说的“优异的语言”这个话题作一个发言。到今天，李浩的诗集《风暴》我也不能说全部看完了，因此就简要讲一下。我们现在总是觉得当代文学还不够好，是有问题的，或者说，从现代到当代，我们的文学还没有成熟，我以为主要是有两个向度的问题。一个是如何找到和表达精神性，另一个让我们始终不满的是，我们的作家似乎很难涉及时代和社会现实的核心矛盾冲突。政治和时代方面的原因我就不详细说了。实际上我们要写作，摆在我们面前的就是这两个问题。

从李浩的诗集《风暴》来看，精神性是非常强的。李浩的诗富有精神强度，他的很多短诗里面几乎只有一个东西，就是意志，甚至可以把它们界定为一种当代中国的荷尔德林式的诗。我想这是在座很多朋友们都公认的，李浩的诗和我们同代人的诗的最大区别。另一点，我们来看他诗歌中现实性的部分，那些比较叙事性的诗作，比如《哀歌》和《还乡》。我在阅读的时候，产生了一个疑问：李浩在处理这两类诗的时候，往往会出现一种分离的状况。似乎他要写短诗，就是纯精神性的，几乎没有现实生活中那些具体的意象，没有那些我们当下校园诗人、从校园出来的诗人特别沉迷的即时、即景的事物（从现代到当代，在诗人的个性越来越弱的情况下，一个诗人怎么能够有个性，实际上很多诗人是依靠事物，把属于自己生活的事物写得越具体，就好像越拥有了一种与别人的区分度，实际上这并不是真正的个性）。然而在他的现实性诗作中，我们又看了另一种状况：非常叙事，非常具体，甚至可以说是传统叙事诗中那种非综合性的叙事。实际上我觉得这两点并不是矛盾的，不是像我刚才所说的表面看上去那样是分离的。这两类作品有一个共性：李浩的诗是非常简单的。刚才王炜提到“优异的语言”，而我则想提到“方法”。我认为李浩的诗的简单，在某种程度上可以认作缺少方法。

我想简略地提及现代诗歌的方法。我们知道现代诗歌始于波德莱尔，而从波德莱尔发展出象征主义，其后无论表现主义、超现实主义、新批评，都跟象征主义有着千丝万缕的联系，都在象征主义开始的这一现代诗歌的进程中。与之相应，我发现，我们“85 前后”这一代诗人，很多人的阅读和写作都是从象征主义开始的。有时，我看同代人的诗歌，会有这样一种区分：这个诗人有没有经历过一种自觉的象征主义训练。为什么我认为有必要提到这样一个看法？在当下很多关于诗歌的谈论中，我觉得我们过度强调了语言，而在语言背后还有一个结构和方法的问题，却是被忽视的。为什么我要谈到从象征主义开始的这些种种现代诗歌的方法。西方诗人并不是为了现代而现代，为了方法而方法，实际上，他们发展出这些现代诗歌的方法是为了解决现代问题。当我们面临一个浓缩了的现代历程的时候，我们是否也需要这些方法来处理这些现代问题？当然有些问题是不同的，我们需要新的方法，解决我们自己的问题。现在我们很多“80 后”“90 后”诗人，是学了一个现代诗歌的样子，当他们有了更多社会性的经历，会发现他们所学习的绝不仅仅是一种潮流的样貌，那时他们也许会用这些方法表达现代生活中的问题。

李浩是非常早熟的诗人，很早就确立了自己的风格和面貌，我觉得这没有问题。整本阅读《风暴》，也许你会在一个时段感到，一些诗有同质化的倾向，仔细看，李浩在诗的形式上有过不少尝试，有很多变化。然而大多数的变化，还是停留在语句、诗行、诗节这一层面的。我注意到，李浩非常重视整饬的诗节，然而在他的长诗中，有时会突然出现散文化的情形，不管不顾一大串语句倾泻而下。我感到他在面对这样一个超出日常的问题，比如死亡，有没有办法去处理，有没有一种可以取得与事实本身同等强度的方法？我曾在《我的同代人的诗歌批评》一文中谈到了诗的道德性问题。为什么我们现在很难处理我们的成长、我们社会中最核心的那些问题，而是一首接一首地写很多即兴的诗，我想也是因为这些问题是非常难处理的。我们越是面对重要的经验、道德性问题，我们越难以用一般的诗歌方式去完成。比如《哀歌》，虽然极尽表现主义的修辞和描写，然而在这样一个严重的情形下，修辞有没有用，能不能承担这个事件的道德重负？我就简单谈到这里。

刘奎：张杭的感受力我很认可，我觉得他的质疑也有一定的道理。就是说，在这样的一种情况下，修辞到底还有没有效果的问题，我觉得这个问题对我来说是非常有启发的。这个问题其实在20世纪80年代末期就被提出了，当时一个标志性的事件，就是王蒙的一篇文章《文学：失却轰动效应以后》。当文学边缘化以后，当代文学一直面临着一个很大的困境，就是文学如何回应现实的问题。文学被边缘化以后，使得文学能够回到文学自身，这当然是一个很好的现象，但同时也有可能使它跟历史离得越来越远；而20世纪90年代以来的写作，也确实存在这样一个倾向。我平时与诗人来往不多，今天听到王炜、张杭等人的一些批评，他们的一些说法，让我受益匪浅。因为此前我没有预料到，我们“80后”这一代人，在思考这个问题时，居然有这么大的共性。这就是试图重新激活文学跟历史之间的关联性，我觉得这些思考是非常珍贵的，同时也击中了当下诗歌写作的一些问题。我个人觉得，文学要回应历史、现实，还是要通过一个文学形式的中介，或者说通过美学的角度，因为毕竟是写诗的，或者说是搞文学创作的。那么，大家首先要面对的应该是文学形式的问题，或者说是美学如何回应现实的问题。

基于这种考量，我就先从审美的角度，对《风暴》稍作解读。问题的出发点是，如果纯粹从美学的角度出发，是否可以对李浩的创作作一个美学的提升，然后，对形式本身也作一些反思。其实，我对李浩诗作有种整体印象，我觉得他可以说是一个自然诗人，如果更精确一些的话，前面可以加个定语，就是“都市里的自然诗人”。李浩这些年都生活在大都市里，无论武汉，还是北京，都是如此。但是，我在《风暴》这本诗集里面，读到的有关都市的东西，非常非常少。他主要处理的是一些自然层面的东西。在古典文学中，自然是常见的主题，但在现代派之后则有所改观，而它对于李浩来说更有一种风格化的意义。它的美学具体性，包括这些方面：首先是自然的时序或时间。他诗作中的时间，大多是前工业化时代的自然时间，而不是现在的机械时间或者说钟表时间，他遵循的是春、夏、秋、冬，这种非常原初的一面，跟传统的农耕文明，有着极深的渊源。他的这本诗集里面，就存在大量诸如黄昏、秋天等，这种非常不确定、不具体的一些时间意象。自然的另一个美学主题是空间。他很少涉及现代的都市生活、工作状态，虽然他大多数时间是生活在都市，但他诗歌想象的资源，却来自另一个遥远的时空，这就是乡土。

我觉得有一首诗，可以作为这种都市—乡村的镜像关系。这就是《天桥下的歌手》这首诗：

天桥下的隧洞里。“城市和人群，
疑问和猜忌，吃人的嗓音，
和你的歌声一同，从你的身边
奔涌开来，封堵地下

通道的出口。”你的歌，你的嗓音，
在你的喉咙里，割开你的皮。
你看不到你好像越长越小的楝树，
和树上的苦苓子——闪着光。

你对行人唱，“梭椤树盛开的
蓓蕾。白杨的微光。”你在观众身后，
剥开玉米，细声吞吃髌骨。

你的嘴坚定地朝向摇晃的太阳。
你走近爱人的大房子，挖开多石的山丘，

坟墓，指向 你的额头。

——《天桥下的歌手》

这首诗，开始是城市的一个场景，就是天桥下的流浪歌手，是非常都市化的，而且是很艺术化的，这容易产生诗意的美，与当下青年人的漂泊感、放逐感等是很契合的。但是，就像歌手唱的歌一样——歌词是“梭椤树盛开的 / 蓓蕾。白杨的微光”——无论是梭椤树，还是白杨，它们都是一些自然意象；而诗歌的末尾——“你的嘴坚定地朝向摇晃的太阳。/ 你走近爱人的大房子，挖开多石的山丘，/ 坟墓，指向 你的额头。”其中，“挖开多石的山丘”这种想象就很有意思，还有“坟墓，指向 你的额头”，也是如此，他最终是走向一种非常自然化的东西。其实，我们在其他诗作中也能读到，像“月光”，以及“土地”“柳絮”等这一类的，都是非常自然化的意象。

当然，称其为一个自然诗人，并不仅仅在于他所处理的乡土议题，更重要的是，其背后的诗学谱系，以及文化层面的归属。自然诗人，这很容易让我们想起海子所处理的乡土经验，李浩与海子这一代诗人是有精神联系的。不过，李浩也有他的独特之处，海子诗中所处理的自然，是非常具体的农耕文明；但李浩的处理不同，他把农耕文明抽象化了，他更多的是用了一个“普范式”的自然，是与村庄的整体命运相关的，这可能是因为他是在与都市的对照中来处理的。

他对自然的依赖，或许有两种可能：一是跟年轻时的写作有关系，青年写作的资源往往来自过去的成长经历；第二种可能是与他的宗教信仰背景有关，读他的东西，我很容易想到《雅歌》。《雅歌》的美学风格，大多是借助自然意象，来做带有预言性的书写，这一点我觉得是非常像的。另外，张杭刚才把现代诗歌追溯到象征主义，但从谱系上来看，浪漫主义也是非常重要的一种资源，这方面我们读李浩的诗，也是能够感受得到的。

但是我说自然诗人，其实不光是想对他的写作作一个美学的判断，同时我是带着反思性的。这种反思是指什么呢？就是说自然对历史的回应能力在哪里？相对来说，自然其实对历史，尤其是对历史事件，我觉得它回应的能力还是比较有限的。所以我觉得大家都比较重视李浩的《还乡》与《哀歌》这两首诗，很大的原因，就是它们可能打破了他之前对自然意象，或者自然想象方式的依赖。这两首诗突破了他之前的写作，显示出了他回应历史问题的能力，而且是以诗歌的形式、美学的形式去回应的。T.S. 艾略特有句话是，25 岁以后的人，如果再缺乏历史意识的话，是比较可悲的。这个历史意识，不仅仅是布鲁姆所说的，那种基于文学史脉络中的，对于经典影响的焦虑；同时，它也具体地指向现实历史，即时代的问题。我们都从李浩后期的一些诗作中，看到了这种新的可能性，这一点我觉得是比较珍贵的。

苏琦：我的发言是具体从《哀歌——悼工友》和《还乡》这两首诗入手，我为此写过一篇解读文章。李浩最近写的作品，让我对他过去的作品有一个重新的看法。我看了《还乡》与《哀歌》，所以我就必然带着这样一种眼光去看他过去的作品，这至少能帮助我对他过去的作品作一个理解：李浩想要表达什么？

《哀歌》是他在之前打零工时，遭遇的一个悲剧事件，这是非常精彩的书写。李浩自己也说，从高中时发生了这个事情但酝酿了十年才完成了这个作品。我觉得感情在这么长时间过去以后，重新对这件事进行一个反思，的确带着那种力量，那种沉淀。

《还乡》这首长诗，李浩回到了他的乡村经验之中。我对这首诗作了一个分析，我觉得它有一个像是但丁的《神曲》那样的结构——分三节，前两节通过“我”给一个鬼带路把乡村记忆，比如说大嫂抢水，乡村村长、支书、文书这些乡村官员，以及一些土豪的腐败行为（涉及收受贿赂、南水北调的拆迁补偿的腐败），还包括一些对李浩个人来说比较痛的地方——计划生育，把这些记忆都勾连出来了，也确实是把中国的一些现实面（如王炜所分析的理解基础面），这三十年以来，或者说1949年以来一部分重要的事件，艺术化、内省化、连缀式地勾连出来。第三节，是一个爱情故事，通过追忆一个少女，然后在致幻中完成了与少女情人的“结合”。为什么说它跟但丁的《神曲》结构非常像呢？因为这首诗的第一、第二节，也有一个如同从《地狱》到《炼狱》的引导关系，而第三节诗里的这个引导者变换了，变成了一个贝雅特丽齐式的完美恋人形象。当然，第三节并没有写得那么简单，乡村社会中的复杂，主要是从人性之恶角度切入的……我觉得，李浩通过这样一种带有史诗性的写作，把他对于乡村的一些记忆、情结、情怀和盘托出，别有匠心，具有很好的完成度。

我是看了这两个作品后感到可以借助《风暴》的出版写一篇批评文章。在《“我深知智慧在我们脚下的经纬上”——读李浩诗集〈风暴〉》一文中，我将诗集《风暴》打散成两个部分进行分析（李浩自己将《风暴》分成三辑，按照时间顺序编排）。李浩是从2005年正式接触天主教，在2008年之后，对于天主的信仰成为他生命和写作中的核心价值。也就是说，这本诗集是他正式接触天主教后的第一本诗集——充满了上帝的“光照”，但是我还是准备把它分成两个部分，一部分突出他对现实生活的关切，另一部分他直接面对上帝，如赞美诗、祈祷诗。

通过这种分析，我大体把握住了他在两个方向上的努力。一方面是乡村经验或乡村记忆、城市生活经验等现实层面的关切，这些材质透视出他个人乃至民族共同体的历史性困境，指向生存环境恶化的制度性因素。另一方面，是自身的精神救赎，如何在被给定的残缺的生活中活得更加完善、更加有尊严、更具有神性（一方面是自身的精神需要，另一方面恰好是一种我们这片土地上长久阙如的事物）。我改用了诗人杨炼先生的一句诗来总结李浩在这两方面的努力：一座向上和向下同时开建的塔。我这样龙骨般地把握李浩的诗写当然显得有些简单化，即不那么细致，就像是一张草图，还没有涂上油料。对于他的文本细读需要一个漫长的时间，限于我的能力和时间关系，只能如此。李浩说他的写作来源是生活、传统、神话，而我只是结合他的文本指出这其中的几个主要方面，这几个方面究竟如何转化成他的作品本身，对于批评来说，那是一项细致的爬梳工作（难免“误读”），但我更建议有心的读者直接去阅读他的诗歌：因为作品本身已完全显示诗之为诗的东西。

我需要再补充几句，我写过一篇关于现实感和历史感的文章，对它们作了一些分析，当时陈家坪在倡议搞一个个人诗学的交流活动，我是响应这个倡议而写的，带着自己褊狭的或者说很基础性的理解。这篇文章受 T.S. 艾略特《传统与个人才能》很深的启发。我在读李浩的诗歌时，一方面我能看到，他的诗歌，在我的那篇个人诗学的文章中能够得到一部分解释，基础面还是存在的；另一方面我也遇到了相对比较陌生的一部分，信仰经验在他的诗歌语言中建立的灵界空间、精神区域，这是我比较陌生的。而这陌生化的东西对我自身也是一种补充和完善。关于《哀歌》这首，其实这并不是描绘，这是情感喷薄出来的。我觉得不管他写基督教信仰的诗也好，还是写其他的诗也好，他的语言跟他的心境，有非常大的关系。就是说，他是一个什么样的人，他会把他的语言也靠近他的形式。我读出的是生命与死者的对话关系。一种静观，很神圣。

秦晓宇：刚才大家所谈的李浩的那两首长诗《哀歌》《还乡》，应该是在有宗教背景的诗人那里，比较喜欢去处理的诗歌题材。西方有哀歌传统，哀歌跟悼亡诗有点区别，它处理的其实是重大现实问题与精神命题的悲剧，而不是像悼亡诗那样去书写一个人的死亡。而李浩扎扎实实地写了一个工友死于惨烈的工伤事故，似乎更像一首悼亡诗。但是确实在这首诗当中，渗透着某种富于宗教感的怜悯，尤其最后还出现了一个“父”的形象。张杭刚才谈到如何对灾难进行修辞的问题。我理解，真正的苦难有个不可言说的核心，但诗歌仍有责任对其进行言说，诗歌这一微妙的言说艺术也可以赋予苦难一种尊严，这就是抱怨、诉苦、呻吟与一首出色的哀歌或悼亡诗之间的区别。

张杭：我不是说他处理的内容，而是指方法问题，指简单的叙事。

秦晓宇：再有，李浩在《还乡》里面给出的，我觉得是一个非常复杂的家园，这还不是荷尔德林式的还乡，后者那个家园本身其实是非常甜美的，还带有乌托邦意味，能够带给你最深刻的慰藉。

我们读到的一些还乡诗，情感上一般都是比较单纯的，还乡就是慰藉，心灵终于得到了安顿，整个生涯都在回乡那一刻得到了和解。但是李浩这首诗没有，这首诗的紧张感其实一直保持到最后。哪怕是真正到达了地理意义上的家乡之后，作者心灵最深处涌上来的情感，恰恰是无乡之感，就是身在故乡仍然在漂泊。

《还乡》与《哀歌》，这里面有着非常充沛的个人经验，他不再是一种在书斋里，从书本到文本这样一个路径——我称为泛象牙塔写作，李浩的诗里有当代的社会生活，特别是那首《哀歌》。我最近看了大量工人写的诗歌作品，许多工人诗人把自己宝贵的生活经验题材化了，结果就是你会觉得许多作品特别雷同。但是李浩的《哀歌》不太一样。这首诗，应当说在我看到的涉及工伤、死亡的这类诗中，几乎是最优秀的一首。这里有伦理问题，甚至修辞伦理问题，李浩把握得都比较好，而且这个事件中的复杂性也表现出来了。之所以能做到这一点，归功于他没有贸然动笔，而是经过了大概十年的酝酿。而且在这首死亡之诗中，我恰恰看到一种元气淋漓的生命的力量。

总之我觉得，像李浩，他既有我前面说过的那样趋向于圣徒的人格，又有着一种偏激的性格。就是说，他基本上不走寻常路，一开始在工地上打工，上大学又主动辍学，后来又组织一些人在汶川地震期间去救援等。和一些文学青年的生活不太一样。基于现实的诗学极为重要，否则大家谈来谈去，其实就是一个诗意的问题，就是如何写的问题，这其实是把诗歌的问题谈小了。

刘奎：写底层也有一个问题，就是底层如何发声的问题，其实大家也一直在思考这个问题。底层的人，他们有生存的经验，但不一定有写作的能力。

秦晓宇：刚才王炜提到过“弱者的武器”。底层的发声，非常重要。底层能否以及如何发声的命题事关社会正义与历史真相。但这发声何其艰难？他们总是处于沉默的境地，仅仅在一些极端的时刻，才不得已用暴烈的形式表达其主体意志、遭遇和情感。因此，如工人诗人的创作意义重大，哪怕仅仅描述了自己的日常生活，他们也是在为广大的命运同路人立言，为底层的生存作证。在这里，诗歌古老的见证功能被赋予了新的历史使命。总的来说，社会愈来愈重视底层的发声。媒体会去采访他们，倾听他们的讲述，征求他们的意见，却是针对具体的事件、政策、议题；学者会去做田野调查、口述史的收集整理，也都是带着特定的课题。诸如此类的“发声”当然很有价值，却是被动的、被编辑过的；非但如此，这些“发声”还都是直白即兴的口语，这种大白话是一种毫无表达难度的表达，往往把生活世界和心灵深处那些勾连错综、难言之隐、暧昧幽微、莫可名状的东西省略了，精神世界的丰富性于是被大大简化，像这样的“发声”有时未必不是一种遮蔽。像工人诗人自觉运用微妙的诗歌语言，去含纳深闳纤细的记忆与经验，感受与愿景，无疑更具有现实揭示力、精神深度与思想启示价值。

刘奎：我觉得你所强调的这种历史的现实感，或者说真实性，对于诗人的写作很重要。但值得商榷的地方在于，知识分子面对底层的时候，可能并不是无能为力，或者说没有资格发言的，其实我觉得也是有很多事可以做，只是要有一个前提，就是不要说是为他们，或代他们立言，而是在关注他们的同时，要保持自己（诗人）的自觉，要带有自我审视、自我批判的意识。

秦晓宇：这种知识分子的优越感，其实也带着许许多多的问题，你的优越感也只不过是知识的优越感。但是你说到经验的时候，其实你还不如他们。

刘奎：这当然不是说知识分子的优越感，而是说知识分子在面对底层问题时，也是有他们独特的视角和思考，而这种思考也是有意义的。但需要对自己的身份有所自觉，尤其是在处理底层问题时，一定要避免把它题材化、消费化。

陈家坪（主持人）：大家的发言和讨论非常深入，对话题本身又有所拓展，很精彩。下面有请江汀、万冲和陈迟恩发言！

江汀：首先感谢家坪兄，邀请我们齐聚在他自己家中，为李浩的诗集提供了这样一个轻松、热烈的讨论氛围。我想起柏拉图的《会饮篇》，一群友人聚集在一起谈论文学，这种情境在历史上曾经发生过，这是某种永恒之梦，“血样从一只玻璃杯倒进另一只”。

我会接着张杭没有讲完的一个问题来谈，就是他说到李浩诗歌中的修辞问题，在某种难以承受的巨大的经验之下，修辞是否还能行之有效？在这里，我遇到一个比较感兴趣的问题，关于写作者的创作状态，尼采曾用“日神与酒神”的二分法来描述它们。在此我提及一下自己的创作状态，写作时，我会处于“酒神”状态，词语会不由自主地从天上落在自己身边，然后我再来做拣选。我不知道李浩写作时是什么样的状态。如果我要写小说，我会进入“日神”状态。或者说，进入刚才大家在讨论的那种公共性话题的时候，你需要清醒地知道自己的主题，你需要精确的逻辑。

大家都在谈李浩诗歌的公共性，但是我要提醒大家，首先要注意李浩是一位谣曲写作者。看这本诗集里面，百分之七十的内容里，他都是作为一个歌手在行使抒情。……即便李浩不以这种方式呈现的话，他也会以另一种形式，来显露他的抒情灵魂。修辞或此或彼，但他的本质始终是稳固的，我们不难找到它。

前面的讨论中，大家重点谈论他的乡村经验。但他首先是一个城市里的居民和写作者，这是他现在的处境和坐标。童年和乡村经验已经封存在他的经验里面，现在它们被挖掘出来。

他诗中的一些意象，让我想起荷兰画家博斯，他的画布上充满丰富、奇异的众多意象。

在他另一些诗中，文字非常宁静，内蕴则充满动荡，可称之为宁静的讽喻。

张杭说李浩的不同作品中有同质性的东西，这一点也是显见的，我们难免会重复自我。我自己也在注意这个问题，在一个写作者形象的最终确定的过程中，“自我重复”是个值得我们思考的问题。

刚才听完王炜兄的发言后，我对他提到的“什么是中国人”非常感兴趣。李浩的诗歌是一个样本；而不光是李浩，我们所有人的文本，都可以被这样一个终极的问题所容纳。

万冲：我想跟大家分享的是李浩《风暴》中经验时间和写作时间的关系。第一辑《引入记忆》，里面大部分诗歌是写他过去的经历，写作时间和经验发生时间的距离比较长。第二辑《你和我》，主要写他的一些宗教体验，依据我的认知和体验来看，宗教体验更多是即兴和瞬间，李浩将这种宗教体验表达出来，其写作时间和经验发生时间的距离是非常相近的。

李浩在《风暴》的序言《个人史》中有这样一句话：“唯独真实的行动和言语能辨别作为物存在的痕迹。”李浩对词与物的关系、真实存在等有独到的体悟。不管是处理过去的经验还是处理当下的经验，他的诗歌中词与物的关系都是非常紧密的，他语言的力度是非常强大的，能够直接召唤出物。这种优异的诗歌语言力度在当代诗歌中并不多见！

陈迟恩：我发言，有一个问题想问一下李浩。因为第一次听到这首《哀歌》的时候，是他在今年的北大未名诗歌节上的朗诵。当时，他朗读的时候，他的情感特别充沛、有力，给我的感觉是他亲历了一件事情。然后，这件事情通过情感的积压，让他写出了这么一首诗。他朗读的时候，这种感情是自然而然地带出来的。今天，我才知道这件事情发生在十年前，也就是说这件事情，经过了十年的洗涤、经验的处理。十年之后，他重新把它拿出来写，这十年是他写过，还是说不停地修改过？

李浩：在写《哀歌》的时候，这首诗中的事件，在我的大脑里，与我的生命共同经历的这段漫长旅程，它好像是活在我生命里的一个黑洞。在这十一年里，我经常梦见这个故事的始发现场，有时候我经常在梦里看见我的被子上沾满了死者的血——那个死在工地上的工友，他的血在我的梦里，从工地的钢筋头上一直流到我的被子上。

2013年，我回到河南工作，那种工地里的气息又回来了。河南郑州空气中的那种气味，那里的人说话的声音与腔调，那些人对待弱者的思维，待人接物的方式，一下子把我抓住了：将2002年夏天的那个悲惨事件，从我的身体里、记忆里、情感里、经验里、血液里召唤出来了。那时我一个人坐在椅子上，我记得我当时在椅子上，好像被椅子捆绑住了一样无法动弹；我感受着房间里的阴暗光线刺穿肉身，而被一点点地悬空起来，我一直抽烟，不敢动笔。

当我胆战心惊地把第一个句子写下之后，我只记得我从垃圾桶里翻出的纸上哗啦啦的声音，过不久这首诗便一气呵成了。它是我生命的一部分，存留在我身体里十一年了，如同身体里的一个肿瘤一样，时时刻刻都在你身上搅动着你。写完之后，我就将这首诗输入电脑，放在那里，也不敢看。过了两天，我打开电脑读时，我非常后悔和心痛，因为我觉得我并没有写出我想象中的那个诗的样子，我心里很纠结，我更没有想着去修改，因为那种状态中的写作跟复活一样，是不可以改动的。

刘奎：我再补充一点，我刚才说李浩是个自然诗人，前面是加了一个定语的，是都市里的自然诗人。其实，都市与乡村是一个相互发明的过程，如果你在乡村的话，你很难来审视这个乡村，你很难写作；而到了都市之后，住在都市的公寓里面，在都市的书斋里面，你才能召唤出一个乡村的图景出来。然后你才能将过去的经验挖掘出来，我觉得乡村对都市本身的呈现，起着很大的作用，也是一个很必要的经历。联系到李浩的一些生活经历，我觉得这也是挺有意思的。他在武汉的时候住在风光村，这个地方就是城中村，本身就是非常具有“中国特色”的一个地方。它在城市之中，但是，它又是一个独立的小村子，那里面五脏俱全，什么都有，是一个较为自足的社区形态。我觉得这个都市的形态，让他不仅召唤了乡土经验，同时它可能保存并且丰富他的乡村经验。都市与乡村的这种复杂面向，也是需要带进来的。

三、精神信仰与诗歌创作

陈家坪（主持人）：我们今天研讨李浩的这本诗集《风暴》，是“清心诗丛”推出来的。“清心诗丛”由复旦大学哲学学院宗教学系刘平博士主编。该诗丛强调“所选诗人的作品合乎圣经的正统思想，以个体生命的真实经历为基本，既显明自己的独特见证，又以此来反映、回应当代现实”。结合中世纪和近代，但丁、邓恩、布莱克从不同维度丰富了基督教诗歌的可能性，成为诗学和智性的不竭活泉。现代主义时期的大诗人里尔克、艾略特，被论者称为分别表征了基督教神学的个人主义（《时辰祈祷》）和整体主义（《荒原》），预示了神圣终结之后西方世界的精神景况。因此，黎衡认为，现在是汉语诗歌写作自新的一个契机，它能不能像曾经的佛教，最终成为我们的思想传统呢？

苏琦在他的评论文章中谈到了“风暴”这个书名的来源，于《圣经》，在《马可福音》（又译为《马尔谷福音》）中。当时，耶稣向门徒解释了“撒种”的比喻之后，耶稣和门徒要乘船渡海，这时来了风暴，船进了水，耶稣却头枕船尾睡觉。门徒们急了，便叫醒他：“夫子，我们丧命，你不顾吗？”耶稣醒来，斥责风，对海说：“住了吧，静了吧。”风就止住，大海平静了。因此，世间的风暴也止住了。

我们如何理解李浩身上的信仰维度？李浩曾在接受我的访谈时说过这样的话：“从2007年7月开始……从《相信上帝》……之后，我的诗中也随之出现了一个非常核心、持久、稳定，并使我的激情俱增的言说对象，那个对象可以精确到‘圣三位一体’，即上帝。这也成为了我诗歌的语言、节奏、音域、气息、对话、形式中的，最为‘隐晦’的质地与声响。在约七年（……到2014年）的阅读、写作、训练、生活、思考中，我感觉我在诗歌内部行遍了千山万水、经历了人世百态与灵界中的各种奇象。我与之言说的那个对象，也在不断地探视着我的性格、呼吸与血气。”由此可见，信仰本身带给李浩的，是精神上的保障、始终的仁爱，个人与上帝之间隐秘的对话中诗人心性的恒定与变化，以及由此带来的语言技艺与价值、逻辑也影响着思考问题方式的轻重之变。李浩说过的一句话，值得我们再三琢磨：“我本人的写作，一直努力地站在‘人性无法克服的软弱基石上的悲悯’内发声，这个向度是构成我对诗歌判断的维度之一。”请注意，悲悯是一个俯视的视角，来自上帝，并处在圣神的共性之内。

戴潍娜在文章中指出，在李浩忍耐、闲定的肉身之下，还有一个苦修者的精神。在诗集题为《“那个个人”》的跋中，李浩敬虔地列下了他仰慕的神性家族：他的主保圣人奥斯定、托马斯·阿奎那、卡尔·巴特、德斯蒙德·图图、卡卡·拉内……当诗人将自己完整袒露于圣人的光照之域，某种意义上，诗歌就是神谕。罗马书里使徒保罗不断重复“因信称义”。……李浩相信诗歌，相信使命，相信光，相信足下之地。“绝对相信”是他诗歌写作的根基。作为一个天主教徒，首要的是“信”。在这一点上，昆鸟称李浩是勇敢的。因为将各种超越性问题世俗化是一个时髦了一百多年的倾向，借助基督的力量，李浩顶住了这种压力。因此，他毫无堕入怀疑主义和犬儒主义的危险。这是我们这个时代的诗人罕有的品质。

作为一个思想价值的参照系，诗人回地在他的发言提纲中谈到了对中国诗歌产生重大影响的俄罗斯白银时代文学：那是一个俄罗斯神学家、思想家、诗人辈出，神学思想、哲学命题、社会问题与诗歌创造力互相砥砺、浸染的时代。

同时，欧美神学思想的几个理念可能对我们的语境也会构成影响，诸如：朋霍费尔的“人类已经成年”，无宗教的神学和信仰；西蒙娜·薇依的上帝缺席、期待神学和政治行动；尼采的上帝之死；埃里克·沃格林的政治哲学——灵知主义（诺斯替）与上帝之死和现代性的关系，杀死上帝的元凶，等等。西方思想一直强调的返回两希文明及其雅典与耶路撒冷之争；沃格林对于意识形态性质的“次等实在”的发现；阿甘本对于使徒保罗《罗马书》的再次解读。凡此种种，无疑会帮助我们更进一步认识上帝和他授予的诗。这也是李浩的诗歌与思想背景。

艾蕾尔：当一个诗人有了精神信仰，他／她的写作就会发生一次意想不到的骤变。从某些诗句里，我们会发现一些前所未见的独特意象，甚至不可思议的叙述方式。

李浩的诗就是在试着碰触这些不可知的经验。他从基督信仰里，获取了很多灵感与触动。我和他曾经对这些超验的意识有过交流：比方说当一个人走在暗街角的时候，他突然意识到身后跟着三个老虎；当独处于某个封闭的空间的时候，他猛然听到从肩膀传来诡异的声音；他归信早期梦到另一个世界的幻象，等等。这些全部来自于属灵的经验。这也是为什么他的诗中有很多魔鬼化身、灵魂争战的意象，甚至它是一种看似恐怖的世界。这属于他自身灵魂的争战。

在李浩的诗中，黑暗是神临到我们时眼前加深的影子。因此，我们在世上所见的并非真实所在。

但是，宗教信仰不一定只有赞美诗。西方诗歌的血液之根，其一就是对另一个不可见世界的摸索。像但丁（Dante Alighieri）《神曲》，俄罗斯白银时代阿克梅派诗人曼德尔施塔姆（Osip Emilyevich Mandelstam）的诗作，奥地利诗人里尔克（Rainer Maria Rilke）《杜伊诺哀歌》，英国诗人艾略特（Thomas Stearns Eliot）在《荒原》中对“圣杯”的寻觅，爱尔兰牧师、诗人 R.S. 托马斯（Ronald Stuart Thomas）终生与“隐秘的上帝”对话，等等。这些诗人都具有向内生长的思想根基、强烈的悲剧意识和崇高感。

中国现代诗歌从朦胧诗之后的“第三代”开始，“非非”“他们”，直到“下半身”写作、“梨花体”、“口水诗”等，都一再把后现代语言游戏玩到无意义、无艺术性，矫枉过正，直至语言的废墟化。朦胧诗的时候，还处于一种对理想与现实的质疑，之后就彻底陷入词语的牢笼。新世纪以来，当代诗歌在自行修正，它不只于语言形式，它还要守望，澄明，要从我们脚下的土地生长。

中国诗歌对信仰的守望是一个巨大的缺口，这块处女地还未开垦就被遗弃了。在那里，本来是灵魂争战直接发生的场所。李浩的诗有一股强烈的意志力在支撑着，我想说，这股意志力很大程度上来自于他的信仰，信仰不是抽象的，而是经验性的、身体化的。

当我们谈论诗人的时间，会思考他的时间是不是一个充满悖论的时间：他处于永恒的时间，还是现世的时间之中写作？这两种时间是一种什么样的关系？

如果我来回答，我认为诗人必然处于一个夹缝，“永恒—现实”的时间裂缝中。对于一个有基督信仰的信徒而言，所有的生命都是有限的、临在的，仅有神是自有永有的永恒存在和绝对他者。作为一个信徒，作为人的身份，永远都是处于一个和上帝的撕扯关系当中。正是因为人处于时间裂缝中，虔诚与怀疑、顺从与冲突是共生的。

诗人，他生长出矛盾，生长出对现世的撕扯，也许是撒旦的力量在捆绑他、诱惑他，而他必须与之对抗。一个诗人的虔诚并不一定必然通过抽象的想象与赞美诗体现出来，而是把这种撕扯内化到他的生命经验中。即便是赞美诗写作，在一个机器统治的时代，古典主义的修辞在当今已经不再适用。于是，信仰才具有了它的身体性、处境性，才真实。就连神学家奥古斯丁都写下了他的《忏悔录》，只要有人性存在的地方，就存在着争战。上帝是不可见的，但是他有一个唯一的独子是耶稣基督，那么耶稣基督就是一个肉身的上帝。耶稣恰恰是处于永恒时间与现实时间的夹缝中，他才能被人所见，被病人碰触，被魔鬼试炼，被钉在十字架上献祭自身。三日后复活，升天，他才完全回归到永恒时间中，这时的基督就具有了完全的神性，变得不可见了。我们想，“上十字架”“下十字架”成为西方文学艺术重要的母题，为什么？它处于双重时间的裂缝中，既是最具精神性的，又是最具身体性的，这是一种审美上的完满。

有时候，纯粹的赞美诗对诗性是有损的。虔诚的诗人恰恰是站在一个割裂的地方，在吟唱。很庆幸，在李浩的诗里，我看到了这点。一个诗人就是永无休止地撕扯着自己的精神、意志力、灵魂，把现实的时间和（神）永恒的时间置于一种极为个人化的关系中。李浩进行的就是这样一种极度个人化的写作，这就是为什么读者会产生很多阅读障碍，而无法引起共情的原因。像苏琦提到的“竹签”的那个意象，包括还有后面一些“柳树”“湖心岛”的意象，因为个体与个体之间的身体经验有不同层次的差异性，如果他没有跟我讲，我会产生一种我的“误读”。但是，诗歌跟信仰一样，是对自己生命的一个交托，也就意味着一首诗的救赎仅仅对作者而言才成立，救赎必然通过个体实现，也就不存在“误读”与否的问题。

诗友们都在讨论李浩的《哀歌》，他悼念“工友非正常死亡”的那首诗。既然这是一种极为个人化的经验性、身体性写作，也就随时拒绝把死亡题材化。在事故发生之后，李浩无法也没有能力理智地面对这个事件，所以才有十一年的沉淀。这个悲剧性的生命经历像是悬在头上的一把利剑，把他置于极为危险的境地，如何面对余下的时光？当我们读到这首诗，他已经从那个深渊中爬出来了。十一年之前，他被生命的残忍吓了一跳，那是一种混沌的、捉摸不透的临场的震惊，这一震惊可能让他十一年反应不过来。那个时候，他应该还没有信主，生命已经对他张开了血腥之口。

2008年左右，受洗使他对生命的感受多了一个层次，就是灵性与救赎。他把突发性的死亡，甚至是残忍的死亡这种现世的悲剧，和上帝视角的绝对完满并峙起来。极致的美善与残缺的尸体，被一个平行且垂直的关系网并峙，这是多么分裂撕扯，又多么荒诞诡异，仿佛救赎是一场生命自身的悖论。这恰恰是人性和神性的缝隙里挤出来的东西，两者必须同时在场才有可能显现出来。这也是《哀歌》刺痛我的地方。诗里出现“黑寡妇”意象，李浩用它对工友死亡的状态进行移情与象征。有人提到“黑寡妇”意象仅对他而言是敞开的，对读者却是封闭的，这是为什么？我猜想，在李浩诗中表现出来的极为隐秘的个人化经验之外，他还在尽力给它注入不可言说的灵性解释。也许是一种基于信仰的死亡论。他的诗难以共情的一个主要原因是他预设的读者只有一个，唯一的一个，就是绝对的他者：上帝。他不太考虑受众的口味（当然也有些许妥协）。

当一首诗有着令人“费解”的宗教情感加上极为隐秘的身体经验，往往会产生难以跨越的阅读阻隔，这不是作者的问题，而是精神信仰的语境转化问题。在这点上，我们产生了一些分歧。

《风暴》这本诗集，2011年之前的诗作还能看出一些问题，比如诗性语言、意象、结构等方面都处于探索阶段。越读到后面，越发现李浩最擅长驾驭的是叙事诗，这也是他投入长诗写作的一个准备。叙事诗方面，他的语言和结构已经走得很远，比如《主人的塞壬》《还乡》。

可是，我在阅读的时候，也产生了一些困惑。似乎李浩一直没有留意“意象阐释”与“多声部”的问题，他在这方面不太苛求，放松了控制力，因而带来生硬感。比如说，《主人的塞壬》诗名本身有两重意象，“主人”和“塞壬”。“主人”是上帝的一种隐喻，这来自于基督教文化；“塞壬”在希腊神话中是海上的女妖。“主人的塞壬”就置入了一种统辖关系。似乎有一种把希腊文化置于希伯来文化视阈中的野心，或者说把多神教归于一神教的统领。很明显，这是出于李浩自身的宗教信仰和对汉语诗歌的深度想象，甚至是一种过于抽象的想象，它更多依赖于知识与判断力，而不是诗自身。通读全诗，变得更加复杂了，他把《山海经》等中国上古神话元素作为“意象”也加了进去，譬如“精卫”“岳云”等。这样，诗中的“女孩”就有了三重意象与文化符号：希伯来文化、希腊文化、中国传统文化。我大概猜测，他的诗歌理想是将文化属性内化为精神信仰的血脉。的确，这不再是纯诗的维度。

然而从诗艺上看，一首诗歌的意象，假如有多重既定的文化符号，往往很难做到能指的漂浮，相反会产生差异语境的能指对撞。结果就是相互消解、攻讦、混淆，一首诗的力度就会被大大弱化。就在《主人的塞壬》里面，李浩使用了很多基督教里固有的意象，譬如“羊”“教堂”“鸽子”，同时出现古希腊与中国上古神话的固定意象，譬如“塞壬”“精卫”“岳云”等。这些意象与符号的最大问题是它们的能指与所指关系过于固定，过于带有文化属性，反过来把诗性与灵性遮蔽掉了，磨损了。但是，这首诗的语言和结构，我很喜欢。

后来才读到他的长诗《还乡》，我很震惊。李浩的灵性生命竟然生长到了童年农村粗粝的泥土中，那么真实强烈。有很多段落，没有一个标点符号，全部是汉字的堆砌，仿佛一具具尸体的坟冢，它的密度让人产生窒息感。

我想，必须否定它是一种修辞上的讲究。这与修辞无关，而是呼吸的节奏遇到窒息之处，一股生命的歇斯底里，仿佛疯子溺水时的眩晕。立在死亡的边缘，总会生成精神裂变，德勒兹(Gilles Louis

Réné Deleuze)称它为“无器官身体”，否则就是通篇的无力感。为了强化力度，李浩让《还乡》回到一股粗粝的原始生态语言，因而弥散着一股冷静的愤怒。大段大段的文字罗列犹如一个人口齿不清时的狂谵呓语。

这未尝不是当下农村的荒诞处境，有些魔幻现实的味道。

他早期的一些诗中的韵脚对力度多少是有损的，他刻意在每行留下韵脚，譬如“沙雨泄入天幕，天门冬的上空，垃圾袋气势如虹”，有几节都在尽力押一个韵脚，造成了对整体诗性的干扰与约束。在我的印象中，李浩不单单是一个审美的诗人，他追求深度。我想知道，为什么要这么做？有其他的想法吗？

还有一个问题，他惯于把诗歌意象的运动感、顺承关系都转化为一种镜头语言来表现。抽象词语的“具象—身体化”，秘鲁诗人塞萨尔·巴列霍（Cesar Vallejo）已经达到了很高的程度，他曾在《暗光》里写“我曾梦见某位母亲走了一个码头的长度，用十五年给一个时辰喂奶”，诗中几乎一切抽象的概念全部被经验化，巴列霍给抽象一个个具象的生命。这是很典型的一个把抽象概念具象化、身体化的例子。李浩也想达到这一点，他说写作过程的视角转换受到了伯格曼电影镜头的影响。但是，他在把抽象概念具象化、感觉化的过程中，出现了主体转换衔接问题。他的主体转换有一些是直接给交代出来的，交代之后缺少一些过渡和连续的有机衍生，这会造成语境之间生硬的断裂。

跳跃性骤然发生，就好像在讲一只鸟在飞翔的时候，突然把它摁进了泥里面。这的确造成了我的阅读障碍。有的诗句反复阅读，仍然猜测他在延续这个主体还是已经换了另一个主体。诗人的笔下之物都具有主体性，不是只有“我们”才有主体性，“他们”也有主体性，而且两者的主体性有着一样的强度，相对之下，才能构成活隐喻。上帝的微笑，黑寡妇的痛苦，以及他所写下的任何一个客观物——一个农妇的“受难”，它们的节奏感和力度会处于混战状态，暴力的混战。多声部，如果处理得当，它是一部交响曲，层次感会带出不同声部的节奏。否则，就会显得无力驾驭。

回地：我感兴趣的主题之一，是作者的天主教神学和信仰背景与当代诗歌的关系。在李浩的诗集《风暴》中，我看到至少两种或多种向度上的语言生成，一种是来自“自然状态”或类似于丛林状态的，另一种是接近新约启示录背景的语言向度，以及这样两种语言状态的不时碰触、纠结、绞缠、扭结甚至绞杀。还有一类，比如其中的《赞美诗》，语调较为轻灵的诗歌。诗集中最后一首长诗《主人的塞壬》，显示出作者的叙事风格，以及中国环境中的天主教信仰“景观”的想象性呈现，使得这首诗在这本诗集里显得比较特别。

作为一个童年和少年时代成长于河南省——这中原大地、“中央之国”的文明内核已然荒败，麇集世间苦难与“血祸”之殃的灾变之地——的诗人，其诗歌语言背景中的阴郁、黑暗、荒凉、灾变，类似政治哲人霍布斯的“丛林法则”下的，“被猪尿救活的”“或许是唯一幸存者”的写作，如何与天主教信仰发生垂直向度上的格杀、征战、融会，在这种生存背景（至少是他的童年和少年生长环境）与信仰背景、诗歌诉求之间，会生发出怎样一种诗歌与终极事物的关切？这是我感兴趣的诗学命题之一。我们能否在诗人李浩身上期待一种切实的证悟，一份诗学捍卫和精神拓进？

诗歌评论家耿占春先生曾经写到在当代中国诗歌语言中，作为一种整全背景的象征系统的碎裂。这可以看作诗歌写作共同体得以共享的、公约性的价值系统的断裂，使得诗人们不断诉求于建构个体的、私密的自身的象征系统。我认为这是一个值得深入探讨的命题。可能在这里，有一个问题不能不引起注意：这样一种无限私密化的、背离公约性的语言和价值诉求，最终是否一定导向诗歌独创性、诗歌创造力的释放？

对于这片土地而言，依然带有强烈异质性的基督信仰，以及这种信仰背景在李浩这一代诗人身上的语言催生，促使我仍然关注它的垂直于大地的旷野呼告和祈祷性语言的生成。

……我知道你们的

身体，是天主恩赐给我的语言。

——《天使们》

诗歌本来出自祈祷（祭司，诗人的古典形象）。语言，回到诗歌的接近本源性的祈祷特质："我的语言"，天使（有飞翔能力的）身体，她们的存在本身，是对天主的祈祷。语言和天使的身体何以合一？因为天使的身体，高级的被造物，也是一种器皿——盛放"道"的器皿，这器皿与本源之道（言，神）同在。

《在基督里》，音乐很明亮：

金色的年华，像金色的葡萄，

在葡萄园里，我梦见了果实。

这样的诗，在现代汉语中可能被认为是过于抒情的，或者浅显的，甚至滥情的。但对于李浩，情感的根基应该是真实的。因为诗歌的时辰是"在基督里"。

不过在《风暴》中，这种明亮的诗句并不是很多。

李浩可能希望自己成为一个词语的锤炼师，锻铸匠，或者是一个有着隐秘诗歌抱负的现代炼金术士。李浩诗歌中的"匠气"之作，显然有不少。当他的信仰牵引着他的时候，他能够写得酣畅而显白；而当他返回现实的扭曲残损的时候，他的诗句开始显得时而扭结，时而莽撞，时而锋芒犀利，又隐隐透露郁勃之气。他的诗歌，不时被一种有意为之的诗行中间的空格键打断，让你的阅读被迫于节奏的停顿，或在被迫的停顿中，让词与物迎面撞出火星，或忽然让你身处中原的某个乡村坟场，撞见突兀升起的火堆：那是在他的故乡河南息县——春秋战国时代的"大息国"一带——的旷野上升起的火堆，可能是他少年时在荒野放的那一把火，此刻进入了诗歌的锻造铺和冶炼场。

李浩平时孜孜于持久的阅读，并为自己的诗歌冶炼场不时添加高质量的炭木。他希望在自己的铺子里锻铸或锃亮生猛、或灵巧如飞的诗歌仪器。在他三十岁左右的铺子里，已然有几道可观的景观：

日光灼灼，肉铺里的铁架上
悬挂着的黄昏，缓缓涌入
我们的大脑。盘旋在我们

大脑中的长蛇，吞噬着日落；
日复一日地，吞噬着血淋淋的
日落。日光灼灼，湖边的

铁匠铺开着门，当我们转身，
大海便从我们的眼中涌来，
澎湃的潮水，撞击着大海的

墓碑。日光灼灼，山脉沉没，
天空中，祥光忽然一闪，黄昏的
缺口，开始向这世界喷火。

像这一类似乎带有新约圣经《启示录》语言气质的诗句，主要集中于2012年创作的一批诗歌中：

那个昏睡的大湖，那个一片火红的大湖，高悬于天上，高悬于大地所有的生灵之上。主啊，你让狮子从火湖中飞出。

……我看着狮子口中喷出的火球，我听着阵阵痉挛的咆哮……我用我断断续续的祷告，我用我寒光闪闪的母语，数着森林的上空沙沙熄灭的明星。……求你将我从人的肉体和诗歌中，释放出来吧。（《主啊，求你俯听》）

在《风暴》中，依然充斥了中国语境中的现代世界的断裂、残损、虚无、愕然与精神荒原。例如：

像一缕幽光，神秘又凄切。
来来往往的人群，从树下

穿过，坐在饭馆里，捧着他们
如鼠的灵魂。他们在理想

与蔓延着瘟疫的躯壳内，
吹嘘明天。他们炫耀

——《沙雨泻入天幕》

这是源自地狱场景的吹嘘和炫耀。李浩显然不是那一类只写作或吟唱宗教性质的简单赞美诗的写作者。在他的许多诗行间，你能感受到他语言中带着童年和少年先天生存体验的恐惧与战栗，比如《舌根》《日记》《灵歌》里的这些诗句：

我和畜生带着土地的震动
在高架桥上寻找天空
唯一使生命立命的
那块通风的桥底

——《日记》

我的心灵里，游动着，
无数哭喊的鬼魂。

——《灵歌》

必须从雪开始。划破长空的流星
已经回到黑暗的胶囊中。

……
风中的血液，河流的唾沫，
必须在舌根的喑哑区域蔓延。

必须静静地说话。当你听她时，
你必须仰望，雁阵也必须升起。
——《舌根》

“舌根”，也是语言之根，言说之所系。对比前面引用的《天使们》一诗中，“我的语言”是天使们的身体，是在神界的祈祷；而在《舌根》中，那轻灵的飞翔和祈祷隐去了，因为“划破长空的流星，已经回到黑暗的胶囊中”。封闭的胶囊，舌根的喑哑区，荒漠中的手镯，沙丘上的皮肤，悬崖上的惊讶之树，这些意象，透出现代性的断裂、干渴、隔阂、错愕，等等。

但是，“当你听她时，你必须仰望，雁阵也必须升起。”

这个“她”是谁？一个“必须仰望”者。在我们残损的精神世界中，这个“必须”带有某种严厉和约束力。仰望是一种垂直于大地的祈祷性行为，在雁阵的升起中，你必须垂直仰望。一个信仰和祈祷的对象？

《这一天你众多》，是一首优秀的诗：

这一天，众多的你
上下翻滚，好像锯片上的铁屑，
吸收我的意志。

众多的你，或者众多的死亡；诗歌中的这个“你”，是谁？

那些在切割机的锯齿下翻滚的铁屑，是“众多的你”，是因自身的悖逆之“罪”而在大地上“终有一死”的短暂者，它们因“罪”而翻滚，罪赋予它们以崭新的磁性？它们“吸收我的意志”。这是一个逆向的磁场。

上帝在大地上的缺席，使得诗人在众多的死亡和飞舞的铁屑中，看到其实是“众多的你”的肉身化的翻滚。

上帝在缺席的在场中，让人领悟短暂者的短暂，与永在者的缺席与临在。

而我们这些短暂者，已经在这上下翻滚的地狱中。

阿西：刚才大家谈到并分析了李浩诗歌中的宗教色彩，我还不确认这种宗教色彩对李浩的诗已经构成了怎样具体的意义，使其诗获得怎样的“明亮”。其实，李浩的诗歌即使是不与宗教话题扯到一起，也同样有一个很大的话题，这个话题能大到关乎我们所期待的那一首大诗的形成，像刚才张杭、王炜等说的几个很重要的关键词。我把这几个词连起来就是一个结论性的话题：一个有“意志力”的“简单”的写作，同时又能够实现整体的“优异性”，这样的写作就是大气场的写作。意志力就是个人品质，简单就是透明、清澈和内敛，优异性是语言和内心的完整体现，是优秀又优雅，奇特奇妙。李浩如果能够做到这几项，就是卓越的诗人。因此，我觉得李浩任重道远，值得期待。刚才还有一个朋友提到李浩是“都市的自然诗人”这一身份问题，这是关于诗歌的对象与诗人的此在的问题，相信他已然明了。至于一首诗为什么写成这样，而不是另一样，我想这当然是由诗人的综合素养所决定的，是诗人在按照他个人的自然法则进行的。诗人与他的生活构成的是一种自然状态：混沌又清晰，有所指又模糊。李浩为什么这样写而不是那样写，为什么不是迷迷糊糊地写，而是有确定性地写，这就是他已经知道自己在写什么，明了要写出怎样的诗。具体到他的诗，我觉得他的那些短诗，尤其是很短的诗是非常精粹的。他用语言打通了他的生活，并在最小的空间里释放了激情，我觉得他基本实现了对自己的要求。如果我与李浩私下单独聊的话，我想我们是不是可以认认真真地讨论两个原始的问题——写什么，怎么写。因为他的作品我基本读了，我也是一边看一边想李浩到底写出了什么、怎么写的。当代诗人这么多，最终还是谁把这两个问题解决得最好，谁才是最牛的。大家还一直在谈李浩的另一部诗集《还乡》，尽管现在是讨论《风暴》。这说明大家对他的《还乡》更加期待……似乎对《风暴》的期待可能小了点。《还乡》就是给了大家一个比较清晰的“写了什么”的答案吧。“还乡”覆盖了一种情结……现实问题……精神问题……是背离的，也是相辅的。大家都有个精神之乡，并且是共有的精神之乡。所以写什么太重要了，可以克服无效的写作。写作有时候也是一种“预谋”下的写作，所谓伟大的作品源自伟大的构思吧。当然，你可以说伟大的作品正等待着伟大的读者，但我不这样自信，也从不敢这样自信。认真解决好写什么和怎么写的问题，那迟早会写出一锤定音的作品。写什么太重要了，包括刚才艾蕾尔说的李浩那首《主人的塞壬》一诗，还有《消解之梯》，都是对写什么这个问题的回答……最后，李浩的抒情性很强，语言也很优雅，但还没有能把自己的生活活脱脱地写出来，带血带肉地写出来……这是一个批评的话。写作就是浓缩你的人生，浓缩你的艺术观，浓缩你的一堆文化背景，既是历史的，又是文化的，就是要靠一些手法和方法来实现复杂和简单之间的关系。李浩的诗歌贯穿了一种精神——个我精神，它包括个人经验、宗教色彩等。李浩的写作实际是一种生命写作，他能将他身体的能量扑上去，但是这个东西太抽象，生命的这种写作像涌血一样，这种东西容易浪漫主义化，当然我也在文章里说了，浪漫主义肯定是个好东西，绝对不要回避，你可以保留它，然后再加点其他的要素。

张光昕：李浩的写作究竟把上帝放置于什么位置呢？作为一个绝对的形象，诗人究竟是把上帝当作指导他写作的一个美学上级，还是当作在宗教信仰上接受他祈祷和倾诉的主上，或者是与之平等对话的一个日常对象？这个问题似乎还没有得到完全的清理，我自己也一时没有答案。我觉得在李浩的一些篇章里，他的那种口吻、语调，有的时候可能不是他自己的，而恰恰是被一种《圣经》的语体征服之后讲出的话。作为读者，我会思考：对于李浩作品中的“我”，什么时候可以辨别出来那就是肉身的、本己的“我”，什么时候是一个受洗的人对上帝发出的声音，这在诗歌当中如何去区分？

另外，我还补充一点我阅读时的发现：一个成熟的写作者，他可能始终被分为两个状态，有他的白昼和黑夜，就是说，有他的日神精神和酒神精神，或者，理性、集中的时刻和混乱、分裂的时刻。我发现，李浩的很多作品是充满着变化的，可能在短时之中他是突然完成的，有种情绪来临而突然完成的，这个时候，他是不讲究方法的，或者说，方法是无用武之地的。刚才张杭在说方法的问题，我觉得方法可能会凸显于一些更长的作品当中，或者说“第三辑”里的很多长诗之中，包括我们刚才说到的《还乡》。所以，我觉得李浩诗歌中的“时间感”是非常值得去挖掘的，那么，在我给李浩写的文章里面，我也用到了一个词，就是“垂直时间”，它就是我们通常所说的诗歌时间，或者说叙述的时间，以区别于日常化的时间，即横向的时间。在垂直时间里，李浩背靠着一种强大的精神，他就跟其他人不一样了。

在这里，我用的一个词就是“雕刻”，是写作的另一个称呼。他雕刻的对象也不同于以往，是一个非常模糊的东西，既是坚硬的又是柔软的，非常扑朔迷离的一种东西，我把它称为“云”，或“乌云”。其实我读到李浩诗集中单独那首名为《风暴》的作品时，恰恰那天我也读到了本雅明在一百年前写的一首同名诗，也叫《风暴》，我发现它们有很多相似的地方，它们都关注到风暴来临之前乌云的无限延宕，但是风暴又迟迟不来的那段时间。恐惧感和紧张感一直充斥在诗中，像李浩写的，“让身体醒来/追随死去的精神，进入风暴”。最后，他像期待未来那样，期待一场风暴。这个跟本雅明——在20世纪之初他作为一个上世纪的“90后”诗人——所体会到的精神非常契合。

我觉得，李浩是一个早熟的诗人，而且他在中国当代诗歌史上给出的诗学主题跟以往的前辈诗人是有所不同的。他跟北岛一代，或者跟北岛后的第三代，或跟王家新那一代诗人都不一样，北岛是喊出“我不相信”的一代，而像王家新会经常与流亡主题联系在一起，或者跟一种知识分子的消极状况有关。在李浩身上，前辈诗人身上那种根深蒂固的东西越来越少了，我更多看到的是，李浩对自己位置的清醒认定。这个位置非常重要，就是他找到了一种属于他自己的造型，这个造型就是一种肯定的姿态。我觉得，在当代诗歌中写肯定的东西非常难，也非常少，大部分人会很容易地写出怀疑、不满、否定，会写流亡、无家可归等。但是我觉得，李浩的诗有着非常笃定的一面，这个对于一个“80后”的写作者而言是非常可贵的，这很可能是跟他自身的精神历程有关。

迄今为止，他写出了一种立足于肯定的作品，而李浩的这种肯定更多是一种飞行在高空中的，是高蹈的，所以李浩很多写法跟20世纪80年代海子的写法接近。在这种情况下，他雕刻的还是悬浮在高空中的“云”，所以我对他的一个期待就是，能够降落到地面，能够处理“地云”，就是漂浮在地面上的像垃圾袋一样的“云”。所以，像《还乡》这样处理公共性题材的作品就是一个很好的契机。我觉得，李浩应当把散落在天空中的那些乌云接下来，放回到大地上，去做一个土地的测量员，或者说是大地的事务官。这是我对他写作上的一个期待。

四、诗歌中的人称代词

王辰龙：如何运用人称代词，在新文学发生伊始，便成为亟待实践的语言问题。仅就现代汉诗而言，时至今日，人称使用已复杂多变，有些作品成功的奥秘也在于此。需要指出的是，仅从语法或修辞学的角度对人称作出分析，或许还不够，这是由于现代汉诗中的词语始终缠绕着迫切的意识形态问题。以“我们”一词为例，在当代诗史中，它的意义空间曾一度为革命话语所填满，当权力意志所允许的抒情声音将“我们”说出时，它是面目不清的“群众”，是被赋予光晕的“人民”，归根到底，它却是“无人”，从不包含由生活细节与隐秘心思构建起来的个体。这样一个“我们”所发出的声音，与发布最高指示时的高音喇叭保持着几乎同等的频率，只不过前者多了几分热泪盈眶的政治感伤。在我们的时代，有自觉意识的写作者当然不会再以政治抒情诗的方式去使用“我们”，问题的关键是早先附着于人称代词之上的压抑性机制，至今犹在，从这个意义上而言，进入当代诗的人称代词（尤其是被国家意识透支过的“我们”），其有效性的前提，是对无处不在的权力意志与当下社会的内在逻辑作出辨识、承担，而李浩诗集《风暴》第二辑“你和我”中的一些篇什便有相似的诗学维度。

李浩诗中的“我们”，涵盖了“我”，这种融入得以实现，首先需要对“我”（一种孤绝自我）作出克服与提升。在《开始想飞》中，诗人写道：“夏天已过，我开始想飞。/我开始寻找，你埋在/树下的 男人的肋骨。”为什么寻找？因为“我”“在寂灭的初秋，/孤立无助”。那么，把“我们”视为愿景的“我”，要寻找什么呢？答案是“你”。在李浩的书写中，“我们”是具体的，它由“我”与“你”的相遇构成，以《你和我》一诗为例：“你我之间，公路/背向云中升起。//你仰望，就会出现/更多的公路。//它们通往的，/任何一个地方，//都有大片的密林/和空旷的草地，//都有向你我涌动着/深渊的窗口。”这首诗谈论了自由问题：自由是“更多的公路”与“任何一个地方”，是为可能性留出空间，与之相反，不自由是“只有一个”，没有选择余地的困境，“你我”一词则创造了超越困境的契机。诗中“你”与“我”之间关系的亲密，不言自明，类似的“你”也在《岛》《我们在悬崖上看云》等文本中与“我”在一起，“你”是爱人，一次次被“我”找到，而“我”寻找的“你”或与“我”相遇的“你”，也可能是陌生人，如在《天桥下的歌手》一诗中，“你”在隧道中歌唱，“……吃人的噪音，/和你的歌声一同，从你的身边/奔涌开来，封堵地下/通道的出口”，“你的嘴坚定地朝向摇晃的太阳”，最终，“你”仿佛是一位圣徒（“闪着光”），卖唱生活被赋予苦修者日常修炼的气质。“我们”或“我”虽未在诗中直接露面，但抒情主体的目光已将“我”与“你”紧紧联成了“我们”，或者说，“我”在人群中发现了作为“兄弟”的“你”。此处的“兄弟”带有宗教性，它的内涵可以参照《我沉浸在金子的目光里》中的诗句：“清晨呀我的兄弟，谢谢你/把我领进枫林之中……”

在《十字路口》中，人称代词“我们”与宗教生活的关系明朗了：“我们遵照神父的告诫，/站在路口，站在上主的//手掌上，等待着那张/银色的大网，从天而降。//我们站在那里，细数/来来往往的农用拖拉机，//骑电动车上班的女工。/这时工厂里的煤烟在我们/身后飘起，如同另一张网，/在晨光里扩展开来。”诗人为善恶之争找到“网”的隐喻，煤烟弥漫而成的暴力之网，对“我们”等待着的“银色的大网”展开主动围剿：“它们在我们的天空上，/阻断了行人的去路和货车的/归程。它们追赶，仿佛要将我们/从天父的手中吞灭。”“我们”是由信仰与修行凝结成的共同体，曾经被革命话语填充的人称代词，已转化为被神性照亮的新词。这首诗还有一个值得注意的地方：在“我们”祈祷着的目光中，“他们”（由农用拖拉机与女工构成）出现了，“我们”与“他们”被罗织于同一时空中的暴力之网所缠绕。“他们”是李浩诗中另一个重要的人称代词，以《沙雨泻入天幕》为例，其中有这样的句子：“坐在饭店里，捧着他们如鼠的灵魂/他们在理想//与蔓延着瘟疫的躯壳内，/吹嘘明天。”通过对“他们”进行书写，公共领域被构建起来，那是一个廉价餐馆，它颓丧却为“他们”提供庇护，身处餐馆，“他们”能够发出声音，充满酒气与怨气的高谈阔论中似乎也闪烁着些微薄的光亮。与“我们”带有超越维度的教堂不同，“他们”的公共领域是世俗化的，两者的区别在于：一个个“我”走进教堂相遇为“我们”，离开神性空间后，“我们”依然可以作为共同体置身于风暴的内部，而当“他们”离开餐馆，便重新分离成沉默的孤独个体，即“他”，正如诗中所写，餐馆外的“他”，“吃着玉米，面对苍天念念有词。/那些猫与狗，见他就跑”。李浩的诗已触及了我们国度中公共领域的脆弱与实际崩溃，具体的状况，阿伦特的思考可以提供参照，她曾写道：“如果公共领域的功能是提供一个显现空间来使人类的事物得以被光照亮，在这个空间里，人们可以通过言语和行动来不同程度地展示出他们是谁，以及他们能做什么，那么，当这光亮被熄灭时，黑暗就降临了。那熄灭的力量，来自‘信仰的鸿沟’和‘看不见的操控’，来自不再揭示而是遮蔽事物之存在的言谈，来自道德的或其他类型的说教——这些说教打着捍卫古老真理的幌子，将所有的真理都变成了无聊的闲谈。”

问题的严重性即在于，“他们”有可能会滑落为“平庸之恶”的人群，成为权力机制的同谋：“他不明白/晨光中，遛狗围观的//太太和退休职工，为何嫉妒他/年轻的尸体。他们/围绕着他（煞白的身体）//如同黑风。”（《树丛里》）当“我们”与“他们”对立，最终的胜利者将不是任何一方，而是《十字路口》中出现的“另一张网”，这是最为悲哀的结局，它的正在发生或可能性，如同带有吞噬力量的黑暗，令人惊惧。而在李浩的诗中，又一个人称代词“你们”适时地出现了：“我过早地将你们邀请到我的/城市里来，因为我想和你们/生活在一起，因为我想//从你们的歌声里，获得来自/上主的能力和爱情。因为我想/知道你们如何爱神，你们/过去的甜蜜生活。”（《天使们》）“你们”是神的使者，更高的存在，“我”作为“我们”中的一员，期待向“你们”学习爱的能力：爱“我”自己，爱“你”，也爱“他们”，最终获取对整体世界的真实之爱。在李浩的书写中，宗教生活不是被描述的客体，它已内在于现实生活的日常。诗人试图用“矿井”对他身处的事境作出高度象征性的概括：“漆黑的葡萄枝，如同矿井/在地上，连成一片天空”（《日光之下》）；“我们的心灵，像漆黑的矿井”（《晨祷》）。“矿井”有封闭的性质，它内含资本原始积累的黑色逻辑，生命体成为其中的工具，确保效率而压抑幸福的可能，而神性之光正是要照亮这矿井之暗，这光被诗人延展为强大的生命意志，正如特朗斯特罗姆在《序曲》中所写的那样：“当/穿过死亡漩涡之后/是否有一片巨光会在他头顶上铺展？”

邱岩：这次诗会讨论的主题十分广泛，由此，我产生一个疑问，就是我们谈论一个诗人，或者诗歌，要从哪一方面去进行评价？每个人都有自己的知识结构、见解、审美判断，开放性的讨论让参与者受益很多。但我本人对诗歌的技巧、诗意的构成等操作层面的东西更感兴趣，我觉得一个诗人写诗，跟诗人最相关的就是由这些语词所形成的诗意。我想知道一首诗在意义形成之前，它本身是怎么去形成诗歌的美感，语词的使用、诗歌的形式结构、诗歌主题等。

2014年12月—2015年7月，据现场录音整理

图书在版编目(CIP)数据

你和我/李浩著．—武汉：武汉大学出版社，2017.11
珞珈诗派丛书/余仲廉，吴晓主编．第一辑
ISBN 978-7-307-19478-6

Ⅰ.你… Ⅱ.李… Ⅲ.诗集—中国—当代 Ⅳ.I227

中国版本图书馆 CIP 数据核字(2017)第 172136 号

责任编辑：程牧原　　责任校对：汪欣怡

出版发行：**武汉大学出版社**　(430072　武昌　珞珈山)
(电子邮件：cbs22@whu.edu.cn 网址：www.wdp.com.cn)
印刷：湖北恒泰印务有限公司
开本：889×1194　1/32　印张：6.5　字数：174 千字
版次：2017 年 11 月第 1 版　　2017 年 11 月第 1 次印刷
ISBN 978-7-307-19478-6　　定价：32.00 元
